# 生の肯定

町田康

Approval of Life

毎日新聞出版

生の肯定　目次

# 生の肯定

# 第一章　春

1

散歩の途中で谷間の集落の方に頂いた、それは見事なグリーンアスパラガス。塩茹でして食べるのが一番おいしいとうかがった。塩で茹でる。もっともシンプルな調理法だ。豪勢なフレンチ料理よりもなによりも、こうしたものを頂くのが余《よ》にとっては一番の幸せだ。
先ほどから頻《しき》りに鶯《うぐいす》が鳴いている。鶯のことを世の中の人類は春告鳥《はるつげ》などと呼ぶが、よい名だ。インターネットで検索すると、
鶯の谷よりいづる声なくは春来ることをたれか知らまし
という歌が出てくる。鶯が谷から出てきて鳴かないと春が来たことがわからない、と言っているようだが、そんな迂闊《うかつ》な人が果たしているのだろうか。
春になれば桜も咲く。霞も棚引く。入学式、入社式、末世ゆえか、最近ではあまり盛り上が

らないが、花まつり、なんてのもある。

そんないろんな行事などがありながら、なお、春が来たことに気がつかぬとはどういうことか？

もしそうした人がいるとしたら、とどのつまりは固定的な観念にとらわれているということだろう。

春になると鶯が鳴くもの、と頭から決めつけているから、桜が咲こうが、新入社員が入ってこようが、そうしたものは一切、目に入らず、鶯が鳴いていないからまだ春ではない、と、頑《かたくな》に思いこんで、春の訪れを認識できないでいる。

人が春らしい装いで出歩いているのを見て、「はは、馬鹿な奴だ。鶯も鳴いていないのにあんな、まるで春みたいな恰好で出歩いている。風邪を引いて死ぬかも知らんな。ははは、おもろ」などと嘯《うそぶ》く。

しかし、ひとつっことを頑迷に信じ、考えが凝り固まって事物・事象を正確に認識できない馬鹿は自分の方であって、そうした春告鳥などという気取った言い回しや、古くさい和歌などを知らぬ、一般大衆の方々の方がかえって正確な認識をしているのである。

といって余がそんな人を笑えるだろうか。笑えない。

なんとなれば余こそが正にそうした人物であったからだ。

余は自らをこの世の一切を超然の高みから見下ろし、善哉《よきかな》を叫ぶ超然者であると規定して生きてきた。

そして時間を超越したうえで、年少の知人・袂《たもと》拾郎《じゅうろう》君に誘われて沖縄県というところに参り、この世の終わりと始まりを見て、そして自分が超然の高みにいないことを確認した。

つまり余は敗北したのだ。なにに？　この世の一切に。

じゃあ、なぜ余は敗北したのか。それはいまも言ったように余が、右の鶩絶対論者と同じく、超然絶対論者だったからである。

超然という考えに凝り固まり、鶩を見てもハムを見てもチーズトーストを見ても、超然という視点・視角からしかこれを見ないようになっていた。しかし、チーズトーストひとつとっても、いろんな見方・観点があるのであり、左官屋さんにとってのチーズトーストもあれば、うどん屋さんにとってのチーズトーストもある。チーズトーストはそれらが総合されたものとしてこの世に存在し、多くの人はそれを感覚的に理解している。

ところが余ときたひにゃあ、そうした全体というものを敢えて排除し、ただひたすら超然の立場からこれを見てきた。

すると当然、実際のチーズトーストと余の見たチーズトーストの間に乖離《かいり》が生じる。その乖離を誤魔化《ごまか》すために余は、ほほほ、善哉。などという思考停止を行ってきたのだ。欺瞞《ぎまん》的な笑いを笑ってきたのだ。

その結果、余はこの世の一切に手ひどいしっぺ返しを受けた。

なんてことを言うと、余が落ち込んでいるように受け止める方もあるかも知れぬが、実はそうでもない。

余はいま生きることの喜びを日々感じている。それは、あの駐車場で、袂くんの買いたての車のボディーが当て逃げの被害に遭い、袂くんが半泣きになったときから続いている感覚である。

あのとき余は、生きよう、と思った。死に向かうのではなく、生の方へ向かおうと思った。もっと言うと、貪欲《どんよく》に生きよう、と思った。

そう。これまで余は超然たらんとするあまり、ひとが天然自然に抱く欲望を意図して遠ざけていた。虚無的な冷笑主義に陥《おちい》っていた。

袂くんのことだってそうだ。そもそも論で言えば余は袂くんが小憎らしくて、なんとかしてこれをへこませたい、と思っておったに過ぎない。しかし、超然という立場に固執したがためにあんなことになった。最初から、新車を買って得意の絶頂にある袂くんが小憎らしい、という心情に素直になっておればあのような憂き目に遭わずとも済んだのである。

そう。いま余は、素直、と言った。

それが、それこそが大事なのである。

素直な気持ち。ストレートな気持ち。ダイレクトな気持ち。これを大事に大事にして生きていく。ひとつの概念にとらわれて、ひとつの思想に固執して視野を狭くしない。

グリーンアスパラガスがあるならば、いろんな訳のわからぬ理窟をこねくりまわし、「グリーンアスパラガス、ほほほ、善哉」などと嘯《うそぶ》くのではなくして、「くわあ。うまそうやんかいさあ」という自分の気持ちに素直になってこれを塩茹でする。奇怪な、食べた人がみなビーフステーキと思いこむような、手のこんだ調理をして、これをまるでビーフステーキのような味と見た目にし、「いっやー、めっさ旨いビーフステーキですねぇ」と言う人に対して、「いや、それ実はグリーンアスパラガスなんですわ」と言って鬼面人を驚かす、というようなことをしない。

そういう生き方をしようと思ったのである。

そしてそれは人生を楽しむことに直結する。

さらに言うと人との触れ合い、人のぬくもり、を感じることにも繫がる。

超然主義を標榜《ひょうぼう》していた余がこれまで触れ合ってきたのは袂くんのような、ある意味、かつての余と同類のクソ野郎ばかりであった。

しかしこれからは違う。いろんな人と触れ合い、いろんなことを自然に受け止め、心と心。真心。そうしたものを大事に生きていく。

蓋《けだ》し超然とは人間拒絶主義であった。それは虚無と絶望を産み、人を死の方へ向かわせる。事実、余は何度も死のうとした。

しかし繰り返し言おう。

余は生の方へ向かう。グリーンアスパラガスを塩茹でにして食べる。食べよう。

そこまで考えた余は、高さ十三糎《センチ》直径二十一糎の鍋に湯をグラグラ沸かし始めた。この鍋は余がもう三十年ぢかく使っている鍋で、何度もカリーやシチュウを焦がすなど、きわめて過酷な使い方をしてきたが、いまだになんの支障もなく使えているのは、独逸《ドイツ》製で材料の質がよほどよいからだろう。五万円くらいする寸胴鍋を使っていたこともあったが、家庭ではやはり、これくらいのものが手頃。確か一万円もしなかったはずである。

などということも以前の超然主義の余なればけっして書かなかったであろう。

なぜなら、これは端的に言って、自慢、に過ぎぬからで、他人から褒《ほ》められたい、などとは欠片《かけら》も思っていない超然者にとって自慢ほど無意味な行為はないからである。

また、右の文章は自慢としてもきわめて恥ずかしい自慢である。

まず、なによりも、鍋、なんてなものを自慢しているところが恥ずかしい。

だってそうだろう、俺はフェラーリという高級外車を持っている、とか、勲章を四つくらい持ってる、とか、俺はアメリカ合衆国大統領とメル友だ、といった自慢をするのならまだわかる。ところが、いい年をしたおっさんが、俺の鍋はいい鍋だ、と自慢しているのであり、おまえにはそんなことしか自慢することがないのか？　或《あ》るいは、おまえはそんなことすら自慢するのか？　と言いたくなる。

また、この短い文章に、この男の卑しい品性がきわめてわかりやすく表れている。

一般的にカレー、シチュー、と発音されているものをわざわざ、カリー、シチュウ、と片仮名で表記するのは、この男の気取った文章意識の現れであるが、見てわかる通り、それはきわめて薄っぺらなものである。

また、自分の鍋がよい理由として材質がよいことを挙げているが、この男は、独逸製で材料の質がよほどよい、と書いており、独逸製＝材質がよい、ということがこの男のなかで自明のことで、この男が、舶来品を無闇《むやみ》にありがたがり、西洋文明を盲目的に信奉する島国土民根性の持ち主であることがみてとれる。

また、五万円くらいする寸胴鍋を使っていたこともあったが……（中略）……確か一万円もしなかったはずである、というくだりは二重三重に恥ずかしい。

ここでこの男は、この一万円もしない鍋が素晴らしいのは五万円の鍋よりも優れているからである。と言っているのだが、その根底には、五万円のものが一万円のものの五倍優れているはず、という思想があり、にもかかわらず、より優れているので凄い、と言っているのである。

こういう人はなにを見てもまず、「これはいくらするのですか」と訊く。おいしいものを食べても、絵画を見ても、まず、「いくらですか」と尋ねる。映画を観たら、「製作費はいくらですか」と問う。

と同時にこの男は自らの見識・眼力を誇ってもいる。つまり、見識・眼力のないならば五万円という金額に騙されて一万円そこそこよりやはり五万円の方がよいと思うだろうが、自分は眼力があるので、この一万円のよさを見抜くことができる。どうでぇ、すげぇだろう？　と言っているのである。

そしてさらに男は自分の運のよさを誇ってもいる。どういうことかというと、自分がたまたま買った一万円の鍋が五万円の鍋より優れていたのはもちろん自分に並外れた眼力が備わっているからだが、それ以外に、そうした名物・名品をたまたまゲットする運にも恵まれているのだ、と誇っているのである。

さらに言うとこの男は、自分が五万円、一万円、という高価な鍋を買う財力があることを誇っている。ヨットやマンションでないところにこの男の限界が露呈しているが、男は得意満面、自分は一万円もする鍋をポンと買うだけの財力を持っている。どうだ、凄いだろう？　と言っているのである。

という風にこの文章は恥ずかしい。

しかし、余はなぜ、そんな恥ずかしい、自慢たらたらの文章を書いた／書く、のだろうか。

それは、それこそが生の方向である、ということに気がついたからだ。

もちろんいまもみたように、この、全行これ自慢、という文章は誰が見ても恥ずかしい。じゃあ、その恥ずかしい部分を改めてどうなるだろうか。まったく恥ずかしくない文章になるだろうか。恥ずかしくない生き方ができるだろうか。

余はできないと思う。なぜなら人間という生き物の根底にそうした恥ずかしいものが間違いなくあるからで、それがなくならない限り、必ず恥ずかしい言動に及んでしまう。

超然主義とは、その恥ずかしさに極限まで抗《あらが》う姿勢であるが、その果てにあるのが個人としては死、世界としては滅亡しかないのは余が実地に体験した。

つまり生の方向へ向かう、ということは、この恥ずかしさを丸ごと認めること、つまり欲望の肯定なのだ。自分のなかに、自慢をしたい。他に向かって誇りたい。という気持ちがあるのであれば、これを隠そうとしたり、超然主義で無化しようとするのではなく、丸ごとこれを認める。認めて自慢する。

余はこれからはそういう生き方をしようと思ったのだ。

そして、そう思った途端、谷間の集落の方からグリーンアスパラガスを頂いた。これまでの余だったらそんなことは絶対になかった。それは余が、ほほほ、善哉、善哉。と超然の高みから彼らを見下ろすばかりで、彼らと関わりを持とうとしなかったからだ。

けれども今日の余は違う。自分の方から、「やあ、うまそうなグリーンアスパラガスですねぇ」と声を掛けたのだ。そうしたら呉れたのだ。

うまそうだ、と思ったから、うまそうだ、と言った。そうしたら向うは喜んで呉れた。

ビニール袋に入ったグリーンアスパラガスを受け取ったとき余は、そのずしりとした重みを人間社会に帰還した実感として受け止めていた。

ああ、それから、ひとつだけ申上げておけば、いま書いた文章の恥ずかしい部分を細かく説明してしまったので、余がなにか、ことさら露悪的な私小説の実践のようなことをやろうとしているととる人があるかも知れないが、それは違っており、余の場合、先ほどから生の肯定、欲望の肯定、と言っているように、そうした暗く、否定的なものではなく、もっと明るく、肯定的、爽やかで、軽快で、ポップな、お洒落にenjoyできる、ひとつの生き方、なのである。

まあ、いろいろ申し上げたが、一言で言うと、余はもっと人生をenjoyしようと思った。そういうことだ。

という訳で余は谷間の集落の方から頂いたグリーンアスパラガスを茹でるべく三十年ちかく愛用した鍋にお湯をグラグラ沸かしていた。その湯を眺めているうちにふと気が変わってペンネを茹でようかという気になった。

こういうことは人間にはよくあることだ。神谷町に行こうと思っていたのがふと気が変わって抜け弁天へ行く。刺身定食を頼もうと思っていたのにオムライスを頼んでしまう。誰にでも思い当たることだ。しかし、この距離があまりにも大きい場合は注意が必要だ。神谷町に行こうと思っていたのに、ふと気が変わってパラボラアンテナに登ってしまう。刺身定食を頼もうと思っていたのに、ふと気が変わっていきなり喉を突いて自殺する。なんて場合はどう考えても普通とは思えない。

余は大丈夫だろうか。グリーンアスパラガスを茹でようと思っていたが、ふと気が変わってペンネを茹でる。

どうやらまだ大丈夫そうだ。しかもペンネを茹でようと思ったのには明確な理由があった。というのは、先日、麻布のレストランのオーナーである友人が自分の店で出しているパスタソースを商品化したものを送ってくれたのを思い出したのだ。そのなかの蟹のソースはペンネにあう、と友人は言っていた。そしてここから先は余独自のアイデアなのだが、そのとき、グリーンアスパラガスも一緒に茹でていれたらおいしいのではないか、と考えたのである。

ふと気が変わった、とも言えない思考の流れだ。いつ気が狂ってもおかしくないような仕事をしている割には余はまともだな。少しは狂ったようなところがあった方がよいのだがな。

苦笑しながら茹でたペンネに友人が送ってくれたソースをからめた一品はしかしとっても美味だった。

友人はこの他にも鱈子《たらこ》、帆立、烏賊墨《いかすみ》など全部で五種類のソースを送ってくれた。なにでも奥さんの貞子さんの実家が北海道で、そこから直送されてくる新鮮な地元の食材に拘《こだわ》っているそうだ。いま食べたばかりなのに、もう次はなにを食べようかなんて考えているのだから我ながら浅ましい。

久しぶりに店の方にも来てくれ、と言われているのだけれども、このところ馬鹿に多忙で、とんとご無沙汰をしてしまっている。今度は店でいただこうかな。友人の店はワインも豊富に取り揃えているうえ、価格もリーズナブルなのでつい飲み過ぎてしまう。なんていいながら早くも手帳を繰っている余がいた。さっそく後でメールしておこう。

といってもう気がついていると思うが、これらも余の自慢である。要点だけ挙げると、自分には、「麻布」のレストランの、「オーナー」である友人がいること。その友人が自分を特別視して物を送ってくること。自分を特別視して店に誘うこと。自分は、有能なので、「多忙」であること。などである。文章の細部にも様々の自慢が埋めこんであるので各自、御賞玩あれ。

さて、このように余は順調に生の方に向かっている。

願わくはこの世のみんなにも生の方に向かってほしいと念願している。

今日はそんなみんなに連帯の自慢を送った。この後も欲望を肯定して、ぐんぐん生の方に向かっていきたいと思っている。よろしくな。

## 2

生の方に向かい、貪欲に生き、そのためには自慢も辞さず、の意気込みを持ってポプラの木とかを意味なく眺める感じの余の室内空間に夜の帳《とばり》が下りた。

ただ、夜になった、暗くなった、と言わず、夜の帳が下りた、なんていうのは、ちょっと小憎らしい表現でしょ。こういうことを平気の平左でできるようになったのが、いまの余である。

そういえば余は、そんなことを言ったら気障《きざ》な奴と思われると思って黙っていたが、小学生のとき綴方《つづりかた》で文部大臣賞かなにかを貰ったらしい。

らしいというのは、先生が余に知らせないで応募したうえ、賞を貰わなかった児童の気持ちを慮《おもんぱか》ってか、賞を貰ったことを余に知らせなかったからで、小学校を卒業してから記念の盾が家にあるのを見て初めて知った。

なんて言うと、嫉妬の感情にかられて、ほほほ。嘘でしょう。と頭から決めつけてくる人があるかも知れないが、嘘ではない。文部大臣賞かどうかは定かではないが、とにかく文部省関係の賞であることだけは確かで、それは文部省の記録に明らかであるはずだから、嘘だと思うのであれば、文科省に行って調べればよい。

ただまあ、国事多端な折から、そんな昔の、一地方の小学生の記録を調べてくれるかどうか。まあ、調べてくれないような気もするがダメ元で行くだけは行ってみたらどうだろうか。行ってダメだったら赤坂で天ザルかなにかを食して家に帰ればよい。それはそれで素晴らしい一日だと思いこむこともやろうと思えばできる。

つまり、為せば成る。為さねば成らぬ。そんなことを余は言いたいのかも知れない。

といった陳腐で無内容なことを恥ずかし気もなく、堂々と書く。それが欲望全開の生の肯定のパワーである。自分にはたいした識見もないのだが、識見があるように振る舞って、人から識見があるように思われたい。これは見栄、虚栄心である。そうしたものが自分のなかになければよいが、あるのであればこれを堂々と前面に押し出す。

竹筒から勢いよく、にゅう、と出てくるトコロテン。竹の樋《とい》をグングン滑っていく流しそうめん。そんな勢いで心の底から湧き出てくるものを押し出していく。つまりはそういうことなのだろう。

心頭滅却すれば紐股涼《ひもまた》し。

心頭を滅却してしまえば股が紐になって涼しいので夏でもエアコン入らずで節電にご協力できる。

否、否、否。股が紐になるなんてそんな馬鹿なことがある訳がない。第一、股が紐になったら、くにゃくにゃしてしまって、歩くということができない。これは二足歩行ということをきわめて大切にしている人間の尊厳の冒瀆《ぼうとく》である。

それに、心頭滅却、なんて簡単にさらっと言っているが、滅却とは辞書によれば、滅びてなくなってしまう、ということで、心頭滅却とは心が滅びてなくなってしまう、ということになり、それは死ぬか気が狂うということである。死んでしまったらなににもならないし、気が狂って周囲に迷惑をかけるのも褒められたことではない。

或いは大悟《たいご》、覚醒したブッダの状態であれば気も狂わず、死にもしないで心頭滅却できるのかも知れないが、そんなことは常人にはまず有り得ないことであって、それを前提とした紐股などということは架空の観念に過ぎぬのだ。

だから余は右に、為せば成る。為さねば成らぬ。と言ったが、それには自ずと限界があるのだ。

昼というものがあり、それは自然と夜になっていく。これを止めることは誰にもできない。平相国《へいしょうこく》禅門なんて人はこれを逆回しにしたらしいが、その罰が当たって間もなく死んだと聞く。

つまり、時間が経てば夜になる。夜の帳が下りる。これはどうしようもないことなのだ。そして人は老い、そして死んでいく。あ？　余、いまなんかネガティヴな感じになってる？　なってないよな。大丈夫だ。命が有限だからこそ、生を謳歌するのだ。

そして夜というものはネガティヴなものではない。酒を飲んだり、ご馳走を食べたりするのは大体が夜だ。美人とほたえたり、賭博をしたり、といったおもろいことも概《おおむ》ね、夜になされる。

権力者によって重要な政策が決定されるのも大体が夜だ。プロ野球、なんてのもデーゲームよりナイターの方が盛り上がる。

しかし、余は右のようなことはほとんどしない。まあ、せいぜい宵に酒を飲むくらいで、暗くなってからの外出を避け、夜は早くに寝てしまう。まあ、これは長いこと超然者などという恥ずかしいことをやっていた後遺症のようなもので、今後は大いに外に出て、ご馳走を食べ、賭博もし、ご婦人とも戯れようと思う。

しかしいまのところは、夜の帳が下りたら家で眠ってしまっている。その場合、眠るのは寝室である。寝室は当然、寝室であるから寝具が置いてある。私の寝室は洋間なのでシングルサイズの寝臺《しんだい》が置いてある。寝臺そのものは合板で七万円もしない安物であるが、マットレスは独逸製である。そのうえに羊毛パッドを敷いている。もう八年以上、このスタイルであるが、いまのところ満足している。

実は面白いことに、家にはこの寝臺と同じ寝臺がもうひとつある。

いったいどういうことかというと、そもそも、この寝臺はふたつで一組だったのである。シングルサイズの寝臺があり、真ん中にボードのような小箱があって、反対側に同じシングルサイズの寝臺がもうひとつある、という左右一対の寝臺セットだったのだ。ホテルのツインルームに置いてあるベッドを想像して頂ければ先ず間違いない。

というと、多くの方が、片足を後ろに提げ、掌を下に向けて膝を曲げ、稍《やや》、顔を上向きにしたうえで、「ええええええええっ?!」という、驚きと疑問が混ざったような嘆声《たんせい》を挙げることだろう。

当然のことだ。ひとり住まいの余にそんなものは必要がないからだ。

しかし、余はそうした寝臺を買った。

買ったのは八年前のことである。八年前といえば余がまだ超然者にもならぬ頃で、普通のおっさんであった。その際、余は、

いまのところは独り者であるが、そのうち女ができるかも知れぬ。女ができたら家に泊まっていく、ということなんどもあるだろう。そうした場合、横に他人がいるときっと息苦しくて

眠れぬだろうから、どうしても寝臺は二台必要になってくる。いまは一台しか必要ないが、先に二台必要になって、もう一台買い足すよりは最初から二台で一対になったものを買っておいた方が経済その他の点において理にかなっている。

と考え、その考えに基づいて二台一対の寝臺を購入した。しかし、その後八年間、女ができることはなかったので八年目に余分の寝臺を解体して納戸にしまったのである。

というと、八年間、余がまったく女性に相手にされなかったように聞こえる。まあ、外形的にはそうなのだが、その間、余は超然者になってしまった。これは余にとっても計畫《けいかく》外のことで、それがなければいま一台の寝臺も或いは役に立ったやも知れぬ。

ははは。なんだったらいまから納戸に行って寝臺をとってきて組み立て直してみましょうか。ははは。ははは。

と言うと、主婦の方などは随分と羨ましく思うかも知れない。なぜなら多くの主婦の方は、主婦向けの月刊誌が折々、収納特集を組んでいることなどから推測せられるように、家のなかのものの収納に苦しんでおられるからだ。

そうした主婦の方が、それがあったらどんなにか素晴らしきことだろう、とあくがれている納戸が我が家にはある。申し訳のないことだ。

しかもそれはひとつではない。解体した寝臺がしまってある二階の廊下の突き当たりの納戸の他に、一階の階段下、さらに、エントランス脇の駐車場のところにも収納があるのである。

お蔭さまで余の家のなかはいつもすっきりと片付いており、いつなんどき住宅雑誌の取材がきても大丈夫なくらいである。もちろん、多忙を極めているので押し掛けられても困るが……(苦笑)。

しかし、「うわあ、そんなにたくさんの収納スペースをもっている男性って素敵」と押し掛けてくる女性は大歓迎である。いつでももうひとつの寝臺を組み立てる用意がある。

などと言うと、多くの世の男性は嫉妬に狂い、

「ははは、女というものは浅墓《あさはか》なものだな。収納スペースが三カ所ある、というだけで舞い上がっているが、そのひとつびとつがいったいどれほどの大きさか確認しないのだろうか。三つ合わせても押入用収納ケースがひとつかふたつ、やっと入るくらいの大きさに過ぎぬかも知れぬではないか。それをばなにも確認しないで有り難がっているなんて、ははは、おかししてたまらん。おかしてたまらん」

と嘲笑愚弄《ぐろう》して溜飲を下げるかも知れぬが、申し訳のないことに、余の収納スペースはそんなに大きくもないが、そんなに小さくもない。

どれくらいかというと、二階の納戸は二畳半くらいあって、人が普通に立って入ることができ、押入用収納ケースであれば、びっしり詰めれば三十は優に入る広さがある。ベッドの枠なども立てていれることができる。

一階の階段下の納戸はそれほどは広くなく、一畳くらいしかないが、入ったところはやはり

人が普通に立っていられる。階段の下なので奥に行くほど低くなっていくが、それでも収納ケースが十以上入る。

駐車場の収納スペースは、家の外壁の高さ七十センチくらいのところに三分の二畳大の扉が付いた収納スペースで、扉はそれだけのものだが、奥行は一メートル以上あり、また、扉の右側に空間が伸びていて、間口が一・八メートルあるので、意外に広い。収納ケースなら十二、三は入るだろう。

ただし、外にあるため湿気がこもりやすいので衣類などは入れられず、ここには主にガーデニングの道具や洗車道具といった、庭周りで使うものを蔵《しま》ってある。

これほど納戸を持っている人間も珍しいだろうが、それ以外にも、廊下に造り付けのクローゼットがふたつあり、上下階合わせて、一間半の押入が二カ所にあり、さらに庭に面した広縁の突き当たりに大きめの押入があるので収納にだけは恵まれた生活を送っている。

と言うと、収納に苦しむ主婦が余を憧れのスター扱いするのを見て嫉妬に狂い、根拠のないことを言って余を嘲笑し、罵倒していた人たちはどんな顔をするのだろうか。

今度は、自慢は見苦しい、などと言うのだろうか。

それが素晴らしき生の肯定である、命の煌《きら》めきであることを余は既に申上げているのも忘れて。

ほほほ。っていうか、ぽぽぽ。そしてもう少しで、ぽぽぽぽーん。

武者小路実篤先生は言った。仲良きことは美しき哉。そしてその脇か下に茄子と南瓜の絵を描いたのだ。

蓋《けだ》し生の肯定の極限より発せられた言の葉であろう。その境地にいたれば、見苦しいと言われることすらもが、ヘチマ的な仲のよさに裏打ちされた生の肯定に包摂《ほうせつ》される自慢へと回収されていく。

その様はもはや、鈍感、と言って過言ではない。

という訳で話を続けると、でもしかし、そうして多くの収納を持っていることの弊害がない訳ではない。というのは、なまじ収納がある分、物が増えすぎるのである。

いい例が、いまいった寝臺で、なまじ収納があるから解体して蔵っておくなんてことをしてしまう訳で、収納がなければ払い物にしてしまうだろう。

納戸や押入やクローゼットにはそうしたものがぎっしり詰まっていて、なかにはこのまま一生、使わないだろうと思われる物もある。

というか、もしかしたら殆どがそうしたものかもしれない。確か、廊下のクローゼットには、手打ちパスタ用の製麺マシーンが入っているはずだが、実は余は手打ちパスタに一片の興味も関心も持っておらず、おそらくは死ぬまで手打ちパスタを作ることはない、と確信している。

ならば、捨てるか、誰かにあげるか、すればよく、収納スペースがなければ実際にそうするのだが、なまじ収納スペースがあると、「とりあえず、あそこにいれておけばよい」ということになり、忙しさに取り紛れて何年もそのままになってしまうのである。

そうしたもののなかには、余が興味がないだけで、値段の張る壺や道具類なんども結構あるので、いっそガレッジセールでもやって一時に売り払ってしまえば、みなも喜ぶのかもしれぬが、このところ多忙を極めているため、当分の間は無理だろう。

余はなんの話をしていたのだろうか。

そうそう。夜の帳が下りて眠る話をしていたのだ。そして寝臺の話から始まって話が収納の方へ、すっかり脱線してしまった。

しかし、こうして話をあえて脱線させることによって物事の核心に迫る技法は、底抜け脱線法として十八世紀中葉にメキシコの近くとかで確立された技法であることを知る人は日本には殆どいない。海外でもこれを研究する人は少なく、おそらくは皆無なのではないだろうか。

とまれ、話を眠る話に戻せば、余は眠る際はパジャマを着る主義である。正確には主義であった、というべきか。

信じるとか、信じない、とかいう以前に、余は眠る際はパジャマを着るもの、と思いこんでいた。その根底には親の教育というものがあったのだろう。

といって親に、「寝るときはパジャマに着替えんかあ、どアホっ」と叱正《しっせい》された記憶はない。

ということは物心がつく以前に、パジャマに着替えるように習慣づけられていたということであろう。

そして余の親はパジャマという文言は使っておらなかった。

じゃあなんと言っておったか。ネマキ、という言葉を使っておった。

ネマキ、すなわち、寝間着である。寝間で着るから寝間着というのである。と言うと居間で着る服は居間着というようなものであるが、さにあらず居間で着る服は、ツネギ、すなわち、常着、と言っていた。現代の言葉で言えば普段着である。

そしてその常着に対照してあるのが漢字で表すとすれば、他所行着、とでも書くのであろうか、ヨソイキ、であったのである。

つまり余らの衣服は、ネマキ、ツネギ、ヨソイキ、の三種があった訳であるが、寝間着とは別に寝巻という表記もあり、これは和装の時代の名残であろうと推察され、記憶にない子供の頃の写真に、妹とふたり、文字通り寝巻を着て布団のうえに座っている写真がある。

なーんてことで、余は物心ついた頃には既にパジャマを着るようになったのだけれども、一時それが乱れたことも実はあった。

それは十代後半、ふとしたことがきっかけで心の駒が狂って、生み育ててくれた親の意見に背いて、人に嫌がられるパンクロッカーの群れに身を投じ、放埒《ほうらつ》無慘な生活を送っていたときのことである。

その頃のパンクロッカーの生活といえば、もういまのパンクロッカーとは違ってとにかくムチャクチャで、脳は狂っているし関節はほどけているし、ありもしない幻覚を夢に見つつ幻を追い求めてなお、真に民主的な緑茶を希求してやまなかった。

そんな体たらくだから、眠るからパジャマを着る、なんて世間並みのことをする訳がない、むしろ眠るときは鎧《よろい》兜《かぶと》を着る、みたいなことをするくらいで、余は根底が楽天的で自堕落な性格ゆえ、さすがにそこまではしなかったが、眠るのにもかかわらず、ジーンズにティーシャーツ姿、といった無茶はした。

しかし、二十代半ばにさしかかった頃、余はひとりの女を愛し、その女を幸せにしたいと思った。

そのためにはなにをなすべきか。

正直言って、十代からこっち、ずっとでたらめな生活を送っていた余はどうしたらよいかさっぱりわからなかった。普通に考えれば就職とかをすればよいのだろうが、これまでの習慣を急に変えるのは身体に悪い、と思い、そこで、まず、パジャマから始めてみよう、と思った。

人並みに眠るときはパジャマに着替える。

まずはそんなことから始めてみようと思ったのだ。

結果はどうだったか。女は余のもとを去り、余にはパジャマを着る習慣だけが残った。

そんなことがあったせいか、余は随分とパジャマを持っている。数えたことはないが、冬用は六着かそれくらいあるし、夏用は十着以上あるはずである。

もちろん高価なものではないが、やはりサンローラン・パリの麻のパジャマはもっとも着心地がよく、年来の愛用品だが、随分と草臥《くたび》れてきたので、いい加減、代わりの物を探さなければならないと思いつつ、多忙を極め、分刻みのスケジュールに追われているため、なかなか探しにいけないでいる。

実はこのサンローラン・パリのパジャマは私のもとを去った女のプレゼント品である。と、我慢して語ってきたが、先ほどから頭のなかで誰かが踊り念仏をやりまくっている。ひとりではない。三千人以上の群衆だ。うるさくてかなわない。夜の帳がおりるといつもこれだ。少し眠ることにする。すまぬの。

3

おはようございます。うんざりするような自分語り。ドゥルーズ・ガタリのごとき難解の死闘。そんなことをも辞さぬ余はいつも朝になったら起きることにしている。世の中の、ことに文士を自称する輩《やから》なんどは宵になってから起きるようだが、余はやはり太古から太鼓を叩いて暮らしてきた人間や、その人間を押し倒して腸《はらわた》などを貪《むさぼ》り食らうけだものなどと同じような、自然の摂理、というものに則った暮らしが理想である。韓国には、「摂理」という宗教団体があるそうだが。

そして、おはようございます。と、呟く。粒を焼く。それが全粒粉のパンとなっていく。それもまた摂理なのだろう。とまれ、そうした摂理に則った生活がいまの余の事業を支えているのだ。その仕事がよい仕事か、悪い仕事か、判断する余裕はいまの自分にはない。それがよいか悪いかを判断するのはしたがってお客様である。最近、超多忙で殺人的なスケジュールに追われているが、皆様が私を必要としてくださってるからこそだろう。ありがたいと思って今日もスケをこなす。

あ、スケなどと言ってしまって、お里が知れてしまった。実は私は若い頃、映画に出演したことがあり、スケジールのことをスケなどと言ってしまう。撮影現場では、すべての予定を記した総スケジュール表のことを、総スケ、と呼んでいた。すべての日程がスケスケになっていて誰にでも見渡せる、みたいな印象を当時の余は感じていた。

現場を離れて久しいいまは、宗助さん、という柔和な老人の顔が頭に浮かんだりもする。すべてのスケジュールを記した表のことを、総スケ、というのなら、おはようございます、その日のスケジュールを記した表のことをなんと言っただろうか。

忘れました。

すべては昔のことなのでね。夢のように崩れてなくなる。ただ、バンテー、というものを毎日、貰っていたのは覚えている。バンテー、すなわち番組予定表のことで、その日一日の予定が順に書いてある。

バンテーが貰えるのは前日の撮影終了後で、スタッフそして俳優はそれを見て、機材を調達したり、台詞を覚えたりするのである。

なーんてね、ことを、スケ、と言ってしまったことから追憶・回想した。しかし、余は過去の追憶にのみ浸ってはいられない。人生を未来に向けて、希望に向けて開いていかなければならない。

今日は今日のスケがあるのだ。

人生にバンテーはないがスケはある。タレント・芸能人といった人はそれをマネが入れていくのだろう。余はそれを自らの手で入れている。

その結果、殺人的な超多忙なスケジュールになったとしても誰のせいにもできない。皆様のせいでもない。ただ感謝の気持ちを持って誠実に職務を遂行する。与えられた職責を全うする。それが余のスケに対する基本的態度であるということは既に右に陳《の》べた通りである。

さて、今日のスケはなにか、というと、横浜美術館に行く、というのが本日のスケである。というとすぐに、横浜美術館になにをしにいくのか、と問う人がある。そういう輩に余は言う。あほか？　と。

気を悪くされたのならごめんなさいね。でもだってそうだろう。美術館に行くからには美術をみるに決まっているのであって、美術館で体育をするということはない。体育をしたい場合は体育館に行き、文学を読みたいときは文学館に行く。そんなあたりまえのこともわからないで、美術館に行くという人に、「ほお、美術館にはなにをしにいくのですか」と聞く人は、水着姿でプールサイドに立つ人に、「一体全体どうしたのです？　裸で。しかもびしょ濡れじゃないですか」と聞く人と同じ程度に愚かである。

ということでそんな問いは無視して余は横浜美術館に参るが、しかし、この問い、すなわち、「なぜ、美術館に行こうと思ったのか」という問いには答えようと思う。

それは急に美術を見たくなったからである。

余は生来が美術が好きで、若い頃は随分とこれを鑑賞し、展覧会などにもけっこう通った。高校時代は所属はしていなかったが、放課後は美術部の部室に入り浸っていた。仲の良い友人がみな美術部に所属していたからで、余自身が画筆をにぎることはなかったが、友人たちの描いた絵を鑑賞し、批評した。

そうした友人たちと京都にピカソを見に行ったのは懐かしい思い出である。

そんな余に周囲の者は頻りに、「なぜ貴様は絵を描かぬのか。貴様なら屹度《きつと》よき絵を描くだろう。是っ非、描き給え」とすすめたが、余はけっして自ら絵を描かず、選択制であった芸術の授業も美術ではなく音楽を択んでいた。

なぜか。話は小学生の頃に遡《さかのぼ》る。

その頃、余は絵を描くのが好きで、暇さえあれば絵を描いていたし、図画・工作の時間なども、喜んで絵を描いて、周囲に、きゃつは絵がうまい、という評判をとって得意の絶頂にあった。

そんなある日の図画・工作の時間、「プールの風景」という題を与えられ、余はいつものように描き始め、得意の早描き法を用い、十分も経たないうちに絵を完成させて得意顔で提出した。

さてそのときの授業を担当していたのは、担任の女教師ではなく、学校行事の都合かなにかで、別の男性教師が担当していた。

この教師は余の描いた絵を見るや、けっして厳しく言う訳ではなく、むしろ優しい口調で、なんやかんや、うまいこと言って、余に描き直しをさせた。席に戻って描き始め、暫くすると教師がやってきて、そうそうそう。そこはそれでよい。しかし、ここらへんはこういうふうにしたらどうかな。などと指導する。指導に沿って描いて暫《しばら》くするとまたやってきて、また指導する。そんなことを数回、繰り返すうちに絵は完成したのだが、それは最初に提出した絵とは似ても似つかぬ絵となった。

だいたいが最初のものは、ひとりの人が泳ぐ姿を描いたものだったのが、完成品は、プール全体の風景を描いたものとなっていた。

教師は完成品を見て莞爾《かんじ》と笑い、「こういう絵を描いていけば君は絵がうまくなる」と言った。

しかし余はおもしろくなかった。なんとなればそれはいかにも凡庸な絵で、余が当初企図した、様々の斬新な試みは、その痕跡すら失われていたからである。

これが画を描くということなら、なんらの面白みもない。余はこんなことはもうせぬ。そう考えて余は画筆を折り、それ以来、授業の課題などで適当に描くことはあっても、それまでのようにおもしろがって絵を描くことはなくなったのである。

しかし、いま考えてみればその教師が正しかったことがわかる。

つまりその教師が言いたかったのは、そうして斬新な技法と嘯いて得意がる以前に、まずは基礎的な技術を身につけるべし、ということで、そうしたものは基礎的な技術の土台がなければ早晩いきづまるものなのだ、ということで、いろんなことをやって一時は超然の高みにいたったいまの余にはそのことがよくわかるのだ。

けれども教師の言に従って基礎的な技術を身につけなかったことを後悔している訳ではない。教師の言に従って基礎的な技術を身につけたからといって、余が画家として身を立てることができたとは到底、思えぬからである。

基礎的な技術を身につければ画家になれるのであれば世の中は画家だらけになってしまう。また、余にはそれにプラスして、斬新な技法、大胆な発想・着想、も持ち合わせていたが、それとて所詮《しょせん》は小学生の考えることであり、小学生の考えが通用するほど世間というところは甘いところではない。

だから余は早めに絵筆を捨てて、本当によかったと思う。

なまじ、基礎的な技術を習得すれば、それまでの経緯から考えれば余は県で一番とか、それくらいになってしまっただろう。さすれば当然の話ながら、凡百の、なんらの才能もない人間と同じように腰に弁当ぶらさげ満員電車に乗って、面白くもない会社勤めをするよりは、画家として身を立てて、好きなときに好きな絵をかいて、ときには詩文なども嗜《たしな》み、おもしろおかしく、一生を暮らしたい、と考えるに決まっているが、そんな考えを抱く奴は実は大勢いて、それが証拠に、世の中には芸術大学や美術学校というものが数多あり、毎年、大勢の新入生を迎えている。

そんななか専門の画家になれるのはごく僅かであり、さらには、その専門知識を活用できる職に就くことのできる者も僅か、多くの者は、芸術とはまったく関係のない職に就くし、もっというと、そうした中途半端な専門技術があることが逆に災いして、職に就くこともできず、穀潰《ごくつぶ》し、親戚中の鼻つまみ者、としての生涯を送る者も少なくないのである。

まあ、そのことを知ったうえではないが、まあ、兎に角、画筆を折り、鑑賞にこれ徹しようと決めたのはよかったことであった。

もしあのとき教師の言にしたがって中途半端に絵がうまくなり、間違って画家を目指すなどしていたら、今頃余は、廃人になるか、画家になれぬ苛立から自暴自棄になり、犯罪を犯して裁きを受けて刑務所に収監され、箪笥を作るなどしていたかもしれない。それも楽しそうだけどね。

まあ、兎に角、おはようございます、そういう訳で、余は美術の鑑賞をけっこうしていた。

ところがおまえ、ふと気がついてみると、もう長いこと美術を見ていない。最近、美術を見に行ったのは、渋谷の美術館に、フリーダ・カーロ展、というのを見に行ったのが最後で、正確な年数は忘れたが、十年ぢかく経つのではないだろうか。

十年も美術を見ないで人間らしい暮らしが送れる訳がない。

十年も美術を見ないで余が一時的であるにせよ超然の高みに立てたのは奇跡であったのかもしれない。

しかし、それが一瞬の奇跡であることは既に見た通りである。このまま放置すれば大変なことになる可能性がある。一刻も早く、美術を見に行かなければならない。

そのように考えて余は横浜美術館に参ることにしたのだ。

ではなぜ横浜美術館なのか、ということが問題になってくるが、特に深い理由はない。なんとなく、横浜、という地名が頭に浮かび、横浜美術館かな、と思ってしまったのだ。

余は横浜のことを殆ど知らない。これまでの人生で十四回か、それくらい行ったことがあるばかりだ。それも用があっていったので、それぞれを点としてしか認識していない。

ただ、その、ヨコハマ、という響きは、とても好きである。ヨコハマ、ヨコシマ、なんかそんな風に広がっていくし、五木ひろしの往年のヒット曲、『よこはま・たそがれ』の、〽よこはま、たそがれ、ホテルの小部屋。くちづけ、残り香、煙草のけむり。という詞は、日本名詩選に上位で入るべき名詩で、余の頭のなかには二十四時間、絶え間なく、この歌が鳴り響いている。

また余は、横浜の、横、という語が意味的にも好きである。横という語にはいろんな意味があるだろうが、余は直覚的にこれを、正の位置ではない、副の位置にあるものという風にとらまえている。

つまり横に車を押す、横車、という風な意味での、横、ということで、正統なものに対するもうひとつのもの、オルタナティブなもの、ということである。さらにいうとそこから発展して余は、横、という語から急須の口やひょっとこの口をも連想する。

そしてさらによい感じなのは、その横という語が、浜という語にかかっているということで、浜というのはいうまでもなく海浜のことで、オルタナティブな海浜、なんて素敵だし、もっというと、急須の口のような感じで、海浜が横に突き出してある。さらにそれがひょっとこの顔面に接続されて口となっていて、そこに多くの人が暮らして、恋をしたり、ショッピングをしたり、モバゲーをしたりしている、なんて考えるともっと素敵だと思わないか？　余は思う。

そんなことで余は、せっかく美術を見るのだから大好きな横浜で見ることにしようと考えたのである。

しかし、右にも申上げたように余は、おはようございます、現実の横浜というものをあまり知らない。余の住む街から横浜にどうやっていったらよいかすらわからない。

以前、住んでいた東京から横浜に行く方法は知っている。渋谷から東横線というのに乗ればよいのだ。その他にも東海道線、京浜東北線、などという線があるようだが、それは旧・国鉄、現・JRで、私鉄王国といわれる関西圏に育った余には国鉄に理由のない厭悪《えんお》感を抱いており、私鉄とJRがある場合、かならず私鉄を択ぶようにしている。

また、京浜東北線、という名称も余にとっては不気味なもので、京浜というのは東京の京、横浜の浜、を接続したものと思われ、そうしたものは関西にも、京阪、阪神、などあって浅ましく思うことはないのだけれども、そこにまったく無関係な、東北、というのが接続せられているのがまったく理解できない。阪神四国線、といわれているような気持ちになり、神戸で哲学の勉強をするつもりだったのが気がつけば宇和島で夜這いをしていたような、横浜のホテルで会議に出席するつもりだったのが、気がつけば盛岡の工場で南部鉄瓶を鋳造していたような、そんなチグハグな気持ちになる。

そんなことで私は東京方面から横浜に行く場合は、必ず渋谷から東横線に乗るようにしていた。

ところがいま住む街から横浜に行く方向がわからない。

新横浜、というところに行く方法はわかる。新幹線に乗ればよいのである。

しかし、新横浜、から、横浜、に行く方法がわからない。まあ、同じ横浜なのだから現地に行けばその関係は容易に知れるでしょう、てなものであるが、余はかつて新高円寺と高円寺の関係について、さらには新青梅街道と青梅街道の関係について考察したことがあるが、それらの関係は玄妙複雑なものであった。

さらにいうと、新大阪と大阪と梅田の関係、新神戸と神戸と三宮の関係のような例もあり、なめてかかってたら、どんな憂き目に遭うか知れたものではない。

しかし、便利な世の中になったものだ、以前であれば路線図と時刻表と首っ引きで調べなければならなかったが、いまはインターネットというものがあり、釦《ボタン》ひとつで調べることができる。人類の叡智とは素晴らしきものだ。

時代は、文明は、どこまで進むのだろうか。余はそれが、うどん味のソバの開発、などという脇道に逸れることなく、人類の真の幸福に資する、善き方向に進むことを心から念願しようかな、と、おはようございます、希《ねが》っている。それはけっしてネガティブな願いではないはずだ。

まあ、それはよいとして、便利なインターネットで調べたところ、十五時二十九分発のスーパービュー踊り子八号というのに乗ると、十六時二十四分に横浜駅に到着し、そこからさらに、十六時三十分横浜発のみなとみらい線というのに乗れば、一分もしないうちに、美術館にもっとも近いという触れ込みの、みなとみらい駅に到着するということが手に取るようにわかった。

本当はもっと早く到着したい。そしてゆっくり美術をみたい。

しかし、それができないというのは、いままで黙っていて申し訳ない、今日中に終わらせなければならない仕事があるからであった。どれだけ急いでもそれが終わるのはどうしても十一時頃になる。

それから支度をして出掛けるとなるとどうしてもそんな時間になってしまう。

それだってギリギリな感じで、じゃあ、今日は美術を見ないで明日、美術を見たらどうだ、という人があるかもしれないが、朝《あした》に紅顔ありて夕《ゆうべ》に白骨と化す。そんなことを言っていたら美術も見ないまま死んでしまう。だからどうしても今日中に美術を見る。そのためには先ず仕事だ。

といって取りかかった仕事は、おすすめの本三冊を選んで、短いコメントを添える、という楽勝な仕事で十時半頃には終わるだろう、と考えてとりかかり、そして驚愕した。

おすすめの本がほとんど浮かんでこないのである。というのは考えてみれば当たり前の話で、ここのところ超多忙で秒刻みのスケで動いていたため、めぼしい文学をまったく読んでおらなかったのだ。

かといって若い頃に読んだ、漱石、鷗外、三島、太宰、芥川、谷崎、といった誰でも知っているような有名どこを紹介するのは、いかにも当たり前で、そんなことでは衆《もろびと》に抜きん出、お？　こいつやるやんけ、と思われることができない。

そこで、敢えて文学性を排し、実用性を前面に押し出した、『よくわかる庭木の手入れ』『簡単でおいしい！　家でできるおつまみ百選』『二十五坪の家づくり』という三点をセレクトのうえ、これに、一般の人にも理解しやすい解説文を附して、編集者にイイメイルにて送付した。

一瞬、こんなことで本当に衆に抜きん出ることができるのだろうか、という愚劣な考えが頭をよぎったが、そんな後ろ向きなことを考えてもなににもならない。前を向いて美術を見に行こう。

そう決心したときにはもう、おはようございます、とは言えない時間になっていた。急がなくては。

そう思って余はまず猿股の替えを探しに二階の衣装部屋にあがっていった。余の家には衣装のための部屋がひと部屋あるのだ!

# 第二章　月の光

4

余の家には衣装部屋がある。というと、多くの人は、芸能タレントの自邸訪問で見られるような、スーパーブランドの衣服や靴がずらと並んだ部屋を思い浮かべて、それは豪儀なことだ、と、驚嘆するかもしれないが、そんなたいしたものではなく、五畳かそれくらいの部屋に猿股や靴下、春夏秋冬の衣服をぎゅうぎゅうにおしこめてあるだけである。

その衣装部屋から黄みがかった灰色の、こざっぱりした猿股とシンプルなブラックのソックスをいったん持ち出し、廊下を隔てた、十畳の寝室でこれらを身につけたうえで可愛らしく首を傾げて暫くの間思案、再度、衣装部屋に侵入、ブルーのデニムとティーシャーツを持ち出してこれを纏《まと》った。

デニムには新品時からまるで時を経たものであるかのような損傷加工が施してあり、ティーシャーツは、茶殻のうえでオーエルとゲバラがふんどし姿で抱き合っている、という実に洒落た図柄が印刷してあるスグレモノだが、いずれも近所の衣料品販売店で購入した安価なものである。

以前は、アルマーニなどを愛用していたが、最近はこうした安価なものを、ブルガリア調で着こなすのが常だ。歳とともにそういう風に自分自身が変化してきた。

それを、加齢、というか。歳を重ねる、というか。

自問自答という言葉があり、自縄自縛《じじょうじばく》という言葉があり、自業自得という言葉もあるのであれば、自分自信、という言葉があってもよい、と思ういま、余はそれを歳月によるボリビアン・カクテル、と認知している。

上着はヴィヴィアン・ウェストウッドの白い麻のジャケット、靴は、茶色と薄茶色が複雑に交錯してまるで交響曲のように美しくうねった文様が印刷してあるズック靴をセレクトした。この靴には要所要所にまるで革のようにみえるビニールが配してあり、靴紐に至っては本物の革が用いてあるのだが、これも安価なものだった。

そんなことを思うにつけ、きみーは、僕より年上と、まわりのー、ひとは言うけれど。という歌が頭に響くのは、安価→ポール・アンカ、という自由連想によるものだろう。

そうした服装で余は十五時ちょうどに家を出てタクシーに乗った。途中、なんの話もなく、料金千七百八十円を支払って降りたところは田宮駅、時間は十五時十分であった。

さて、さあ、これから十五時二十九分発、スーパービュー踊子号に乗るのだが、そのためには当然の話であるが、切符を買わなければならない。

そのためにはふたつの方法がある。

ひとつは、改札の右にある、みどりの窓口、というところに参って、人間に口頭で話して買う方法、もうひとつは、改札の左に二台並ぶ、自動券売機械を操作して買う方法である。

さあ、どうするか。

タクシー降車場から改札に向かいながら余は考えた。手前側の券売機械か、それとも奥のみどりの窓口か。

こうした場合、人間は慣習に従う。これまでやってきたやり方、先例に倣う、というやつである。では、余はこれまでどうしてきたかというと、どちらかに決めていた訳ではなかった。その都度、その都度、早く済む方を選択していた。

例えば、それが日曜日の前後だったとする。そういう場合は、余は迷うことなく券売機械に向かう。なぜなら、その時間は旅荘・ホテルを出立した者が駅へ殺到する時間帯で、そうした者たちは旅先で気が緩んで日頃の緊張感を失しているため、「吉岡はん、こっちこっち」「しまった。部屋にケータイの充電器、忘れてきた」「儂《わし》、ほんだら、通路側でええがな。かまへんがな。ええって、おまえ、窓際いけや」「うわっうわっうわっ。このチャーハン、超カワイー」と口走るなどして、ちゃんと切符を買わないので、券売機械に行った方が早いのである。

しかし、だからといって券売機械が常に早いとは限らない。なぜならば、時折、券売機械の操作に不慣れな人が操作をしている場合があるからで、そうした場合は混んだ、みどりの窓口、と同じくらい時間がかかる。それよりも時間がかかるのが、そうした不慣れな人が何人か集まり相談しながらこれを操作している場合で、

「これどないしたらええにゃろ」

「ここ、押したらええんちゃうん」

「えええ？　まじい？　こっちとちゃうの？」

「わからんなあ。どっちやろ。ほな、とりあえず、そっち押してみたら」

「そやな。ほな、押すで。うわっ」

「どないした」

「なんか出てきたで」

「そら出てくるわれ」

なんて、ワンステップごとに会議をするので、そうした場合は混んだ、みどりの窓口、以上に時間がかかる。

そうした場合は敢えて、みどりの窓口、に向かうこともある。もちろん、みどりの窓口、の混み具合を瞥見《べっけん》したうえでの話ではあるが。

そして本日。瞥見したところ、みどりの窓口にも券売機械の前にもあまり人がおらなかった。

そこで余が、券売機械の方に向かったのは、みどりの窓口に行った場合、人間と口をきかねばならず、それが面倒に思えたからである。

と言うと、ふたつの意味で、余の間違いを指摘してくださる方があると思う。

ひとつは、そうした窓口業務をなさっている方は、職業的な仮面のようなものをかむっているのが常なので、あなたに対して人間的な感情をあらわにすることはありませんよ。という指摘だが、そんなことは余もわかっている。しかし、職業柄なのか、或は、これまで普通の人間ならまず経験しないであろう、生死の乗り越え、時間の超越、超然の高みからの墜落、という体験をした余には、普通の人間には見えないものが、どうしても見えてしまう。

普通の人が見過ごしてしまうような、ほんのわずかな表情の変化。微かに洩れる息。指の動き。上体の揺らぎ。雲脂《ふけ》の発生。眼振《がんしん》。といったようなものから、その人の内面・内心が動く様を、ダイナミックに読み取ってしまうのである。

勿論《もちろん》、読み取ってやろうとして読み取っている訳ではない。

面と向かって、「おまえはバカだな」と、目を見てはっきりとした発音で言われたら、わざわざ聞こうと思わなくても聞こえるでしょう。それと同じことなのだ。

まあ、勿論、人間がいろいろな感情を持つのは当たり前のことで、そしてその感情はときに、というより屢屢《しばしば》、他者にとっては奇怪としかいいようがない、ことを熟知している余のことだから、そのことでいちいち傷ついたり動揺したりすることはないのだけれども、ただ、疲れる。

ただでさえ、秒刻みのスケジュールで超多忙を極め、心身ともに疲れきっているのだから、こうした些細なことで体力を消耗するのはできれば避けたい。

そんなわけで余は人間窓口を敬遠するのだが、それを知ったうえでのさらなる指摘が、もうひとつの指摘で、すなわち、そうかも知れないが、そうした態度は、人間不信、虚無的な態度、退廃・退嬰につながっていくのではないか。それは、生の肯定を標榜するのならやはり、人と人とのつながり、ぬくもり、絆、といったものを大事にした方がよいのではないか、という指摘である。

そういう指摘をしてくださる方があるということは本当にありがたいことだ。余はとても友人に恵まれていて、こないだも画家で根治欄賞作家でもある豚滝存魏画伯が自邸に招いてくれ、おいしいお酒と画伯自ら腕を振るった本格的なイタリアンを御馳走になった。こういう友の存在は本当にかけがえのないものだと思う。

ただ、余の友人はそうしたことは絶対に言わない。

なぜなら彼らは、人生の本当の厳しさ、というものを知っているから。人生という戦場を一緒に闘ってきた、戦友、だから。

そう。そうした、絆、とか、ぬくもり、といった語がとんでもない欺瞞・欺罔《ぎもう》であることを彼らは熟知しているから。

そして余もまた、そのことを熟知しているひとりで、その語をしているひとりでもある。

余の前でその語を口走るものがあれば容赦はしない。余はあらゆる暴力に反対なので鯖《サバ》折りや熊の抱きしめ、といったようなことはしないが、ぬくもり、には冷却剤をジャアジャアかけて冷温にしてしまうし、絆、はすべて断ち切ってしまう。

その冷却剤がどんな冷却剤なのか。

刃物はどれくらい鋭利なのか。

といったようなことは、「言わぬが花でしょう」。

とまで言っても人間というものは一旦、信じた観念をなかなか放棄できない生き物である。相手が間違っていると心の底から信じ、本物の善意でもって相手を説得にかかる。

例えばこんな風に。

「待ちなさい。私の話を聞きなさい」

「オレ、いま忙しいんだよ」

「そんなこと言わないで、もう少し話そうじゃないか。同じ人間同士、トコトン話し合えば必ずわかり合える」

「つか、わかり合いたくないんだけどね、どっちかっつと」

「いや、そんなことはないはずだ。君も心の底では私とわかり合いたい、と念願しているはずだ。それが証拠に、そら、そんな寂しそうな目をしている」

「オレ、いまサングラスかけてんだけど」

「サン・グラスなぞなにほどのものではない。人間にとって本当に必要なのはムーン・グラスなのさ。まず、そのあたりから話を進めていこうじゃないか」

「あのさあ、オレ、マジ忙しいんだよ。はっきり言ってまだ切符も買ってねぇんだよ。したがっていつまでもあなたと遊んでいられないんだ。すまんけど、行くわ」

「待ちなさい」

そう言うと、その男は鼻を広げ、これを言ったら相手は完全に説得される、と信じて疑わない、また、そうした言葉を口にすることができる喜びがその基調にあるような口調・口吻《こうふん》で言う。

「忙しい、という字を、とくとご覧。なんとある。立心偏に亡びる、とある。そうだ。忙しい、ということは、心を亡くす、ことであり、心を亡ぼすことであるのだ。忙しい、忙しい、とむやみやたらと忙しがってあくせくしている人は、心をなくした人だ。心をなくした人間が幸福になれる訳がない。そうだろう。それと同じく、こんだ、人という字をご覧なさい。こっち側の斜めの棒をこっち側の斜めの棒が支えているでしょう。私はねぇ、この字を見るたびに泣きたくなるんだ。っていうか、実際に泣いたこともある。だってそうでしょう。この字ほど、人間の姿を、本当の姿を美しく表した字はございませんでしょう。そこに私は感動するんだよ。え？　人という字を見るたびに泣いていたら新聞とか読めないでしょう？　って。ああ、そうとも。だから、最近では文脈で判断して、人、という字が出てきそうになったらそこは避けるようにしているのさ。つまりそれくらいに、人ってものはね、人とのつながり、絆、ぬくもり、ふれあい、といったようなものが大事なんだよ」

そう言って男はますます得意そうにしている。

余は世の中の間違いを正そうとは思わない。間違ったものと正しいものがぐしゃぐしゃになりながら東京料金所を通り過ぎていく。それが世の中の実相と思うからだ。そんなものを正そうと思ったら命がいくつあっても足りないし、そもそも正せるものではない。

しかしこの男をへこませるのは容易で、そんなことくらいならやってもよいかな、と思う。そこで余は言う。

「なるほど。人という文字にはそんな隠された意味があったのですね。いっやー、これでオレも虚無や退嬰に陥らずに生きていくことができそうです。危ないところをありがとうございました」

「いやいや、よかったよ。本当によかった」

「ありがとうございます。本当にありがとうございました。いま、この瞬間、オレは人と人との、つながり、ぬくもり、絆、というものを在り在りと実感しました。生まれて初めての体験です。ただ……」

「どうしたのだ。悲しそうな目をして表情を曇らせて。急に腹が痛くなったのか。だったら最寄りのトイレットを一緒に探そうじゃないか。そ、それとも、今日中に百万円用意しないと湾に沈められる、とか言うのじゃないだろうな。それだったら、私はそろそろ失敬しようかなとも思うが」

「腹痛でも借金苦でもありません。実はこんなこと恥ずかしくって、いままで誰にも言ったことがないのですが、あなたの、ぬくもり、を信じて申しますと、実はオレ、文盲なんですよ。なので、人という字は……、って言われてもわからないんです。先生、もし可能であれば、オレに、この貧しい文盲のオレに、人という字を教えてもらえませんか」

「先生と呼ぶのはやめてください。友達じゃありませんか。勿論、教えてあげましょう。幸いにして僕は杖を曳《ひ》いている。英国紳士を気取って杖を持って歩くようにして三月になるがたれも称賛してくれないのでもうよそうかと思っていた。でもよさないでよかった。この杖で地面に書いてあげよう、さ、人とはこういう字なんだよ。ほら、人と人とが支え合っているように見えましょう?」

「ああ、ご親切にありがとうございます。でもオレという男はどこまで愚図で鈍な男なんだろう。先生、実はオレ、極度の老眼で、小さな字が読めないんですよ。済みませぬがもそっと大きな字で書いていただけませぬか」

「ああ。いいとも。これでどうだ」

「噫《ああ》。ごめんなさい。オレの目ときたらなんてクソったれな目なんだ。まだ、見えない」

「なるほど。じゃあ、これでどうだ」

「先生、本当に、本当に申し訳ありません。オレの目はマジでだめです。まだ、見えないんです。だから、先生、どうかもう、これ以上、私のためにご無理をなさらないでください。私のことは忘れてください。私はこのまま、人という字をしらないまま、迷妄と錯覚のなかで生きていきます。虚無と倦怠のなかで苦しみぬいた挙げ句、孤独死をします。オレなんかそれでいいんです。もういいんです」

「自棄《やけ》になってはいかん。乗りかかった船だ。なんとかしようじゃないか。そうだ。一緒に考えよう。いったいどうやったら見えるようになるか。どうしたら見えると君は思う？」

「ありがとうございます。そうまで仰っていただけるのであれば申し上げます、以前、親切な人に、川、という字を教えていただいたときにやってもらった方法が実はあるんです」

「ほう。どうするのじゃね」

「そのときは三人の方にご協力いただきました。三人の方が私の目の前に並んで立ってくださいました。両側の二人は同じくらいの背丈で、真ん中の方はやや小さかったです。そしてそのうえで、一番左の方が、読者モデルのように体を、くにゅっ、と曲げてくださいました。これによってオレは縦に棒が三本たったような、川、という字を識字できたのです」

「なるほど。おもしろいじゃないか。しかも簡単だ。試してみる価値は十分にありそうだ。えっと、どうすればよいのかな。そうだ。よし。じゃあ、儂がこうやってここに立つ。そして君はそこに立ち給え。いやいや、違う違う。そして儂がこうやって両腕をうえに伸ばしつつ前方に傾ぐから、君は気をつけの姿勢でやはり前方に傾ぎながら頭で儂の腹のあたりを支えなさい。そうそうそういうことだ。どうだ。これがすなわち、人という文字だ。文字通り人と人との支え合いだ」

「なるほど、これが人という文字ですか」

「そうだとも。素晴らしいじゃろう」

「そうでしょうね。きっと素晴らしいのでしょうね」

「きっと？　きっととはどういうことだ」

「先生。川という字のときは少し離れたところで立ってみていたから目で見て頭で理解することができました。しかし、いま、オレは先生の腹の下に居て、いま自分が作っている字を見ることができんのです」

「なるほど。それもそうじゃ。いったんやめよう。ああ、疲れた。そうか。君が文字の一部になってしまったら君はこれを見ることができん。当たり前の話じゃな。いや、迂闊じゃった。となると誰か人を頼まねばならんな。かといってあたりに人影はなし。あ、あっちの物陰でプッシャーとジャンキーが取引をしているが、ああいう人たちに頼むのもナニだし……」

「あ、それだったら先生、オレ、いいこと思いついちゃいました。言ってもいいですか」

「勿論だ。なんでも言ったらいい。それが人と人との、つながり、じゃ」

「先生は杖を持っていらっしゃるじゃないですか。それを人に見立てて、さっきと同じことをやっていただければ、オレは少し離れたところでそを見ることができます。さすればオレは人という文字を十全に理解できますよ」

「おおっ。よいことを思いついたものじゃな。さっそくやってみよう」

「あ、ここじゃだめですよ。まちっと離れていただかないと。そう、そこの岩石のあるあたりがおよろしいんじゃないでしょうか。そうそう、登っていただければ。ああ、そうです。ああ、見えます、見えます。これが、人という文字なんですね。なるほど。ぢゃこんだ、ちょっと近くによってデテールを見せていただきましょう。なるほど。この、こっちの人がこっちの人を支えているわけですね。ああ、なるほど。確かに力がかかっている。ほお。すごい力だな。ちょっと引っ張ったくらいではとれない。じゃあ、ちょっと思いっきり引っ張らさせていただいて……」

「うわうわうわうわっ」

などと浅ましい声を上げて男は落下する。へこむ。脳がはみ出る。という寸法。

って、とにかくそれくらいに余は、そうした思想を厭悪して容赦しない、という話をしているのだ。

ま、いずれにしても話し下手な余だが許してくれ給え。余は三百人の聴衆を前に講演をしたことがある。

ま、そんなことでいずれにしても、余は券売機械に向かう。向かった。つまりはそういうことだった。つまりはそういうことなのだった。

5

そんなことで、人と人とのつながり、ぬくもり。そんなものは豚の小便である。と断じて余は、機械式の券売機に向かい、その前に立ち、アッ、と思った。

というのは、その券売機械の操作が極度に難しかったからである。

そもそも余は普通の人間の約百倍、券売機械の操作に習熟している。

というのは、余が機械の操作が得意、とイーコールではない。

それどころか、どちらかというと文系人間の余は機械の操作が苦手で、携帯電話やコンピュータの多くの機能も、その殆どを使いこなせておらない。その余が券売機械の操作に習熟しているのは偏《ひとえ》に出張の多さゆえである。

いずれ、枯れ木も山の賑わいなのだろうが、やれ、審査会だ、やれ講演会だ、やれ謝恩会だ、と、まねがれることが多いのである。

ただでさえ超多忙を極めているので、大抵は断っているのだが、招待状が月に六百通以上も来るため、なかには断り切れないものもあり、月に何度かはまねぎに応じて出かけることになる。

その都度、券売機械で券を買うため、自分でも知らない間に券売機械の操作に習熟してしまった、とまあ、こういう訳である。

だから、券売機械の前で買い方を知らず困惑している人が居た場合、さぞかしこの方は閑寂な暮らしをしておられるのだろうなあ。羨ましいことだ、とうらやむ気持ちがいつもある反面、超多忙なので、「はよ、さらさんかあ、どアホ」と、その方を罵倒する気持ちが心の半分にあった。

そのとき余の内面のなかの奥では、その方は、間抜け、とカテゴライズされていた。ところが今般、その券売機械の操作が覚束ない、間抜け、に、あろうことか、この余がなってしまい、そのことに驚いたのであった。

なにゆえそうしたことになるのかというと、余が平生、利用するのはもっぱら、新幹線、であり、いわゆるところの、在来線、は使ったことがなく、新幹線の券、を買うのはお手の物であったが、在来線の券、に関しては、昨日、鳥取の山奥から上京してきたアルメニア人のようなものであったからである。

しかし、同じ機械には違いなく、ということは、同じ理念に基づいて動作するということで、当たって砕けろ、の精神でぶつかっていけば、案ずるより産むが易し、という結果になるのではないだろうか。

そんな気分や考えや思いでもって私は、まず券売機械に表示されたる、指定席という文字が白く浮かび上がりたる、黒い四角な領域に指で触れた。

そういたすと、先程の黒い四角い領域の、約半分の大きさの黒い四角い領域がいくつか出現した。

ここまではしかしいつもと同じことである。いつもならここで、新幹線、という白文字の浮かび上がりたる黒い四角の領域に指で触れる。そうすれば後は一瀉千里、本日に触れ、現在よりの時間帯に触れ、一番早いやつの禁煙に触れ、どの席でもよい、に触れ、乗車券の片道の田宮と行き先の駅名に触れ、言われるがままに銭を入れればそれでよい。

ところが、今回はそのちょうど下にある、在来線、という白文字の浮かび上がりたる黒い領域に触れなければならない。そのことによってどのような画面が現出し、どのような事態が起こるのか。余はそれをまったく知らない。

知らないことは恐ろしい。だから人は死を恐れる。

余は絶海の孤島で死を経験した。だから余は死を恐れない。

しかし、この先の領域を知らない余は、そを恐れる。ただし、それは多くの人間が死に対して抱くがごとき深甚《しんじん》な恐怖ではない。

なぜかというと、確かに余はこの先がどんな領域が広がっているかを知らない。知らないが、新幹線の知識・経験によって、その先の領域について、概《おおむ》ねこういうことではないか、と予測することができる。

こうしたことを余は、推測、または、推論、と呼んでいる。

もちろん、人間は死後の世界について様々の推測をすることによって、その恐怖を和らげてきた。その一部は発展して宗教となった。さらに発展して世界宗教となったものもある。しかし、死については経験が決定的に欠如している。なぜなら、死を経験したものが、そを語ることはないからである。したがって、その推測は一方の根拠を欠き、死はいつまで経っても深甚な恐怖なのである。

しかし、この場合、新幹線の領域の経験を、同じ理念に基づいて設計されているということを主たる理由として、ほぼそのまま当てはめることができる。

よって、余の場合は在来線の領域の恐怖は一般の方が死に対して抱く恐怖ほど恐ろしいものではない。

そう思うと、なにかものすごく気が軽くなり、券売機械の操作について、未知の暗黒の領域とか、死の恐怖とか言ってる奴はことによると馬鹿なのではないか、といった極端なことを思うようになった。

こんなものは、なにも考えずに鼻歌まじりでやればよいのだ。っていうか、実際に鼻歌を歌ってやろうじゃないか。

というので余は、ままごと遊びの母さんたちは、みーんなてっちゃんだいすきよ、てっちゃん、てっちゃん、かねてっちゃん、ちくわとかまぼこ頂戴な。へーい、へーい、まーいーどー、あーりがーとーさん。と、かねてつ、という水産加工品を製造・販売する企業の広告の歌を歌いながら、在来線、という白文字の浮かび上がりたる黒い四角な領域に触れたのであった。

その結果どうなったか。

いくつかの黒い四角の領域が現れた。そしてその一番上の黒い四角な領域に、踊り子、という白文字が浮かび上がっていた。

こうした場合の骨《こつ》は他に目をくれぬことである。

下手に、まずは全体を理解してから部分に没入していく。いきなり部分に没入すると見誤る、などとわかったことを言うと間違える。

そうではなくてもっとも重要なのは核心をつかむことだ。核心さえつかめば自ずと全体がわかってくる。というか、核心さえつかめば、全体など知る必要もない。

せっかく核心にいるというのに、こんなものは部分に過ぎぬ。全体を知らなければならない。などと嘯《うそぶ》き、フラァフラァフラァフラァ、部分の森にさまよい出て、二度と核心に帰ってこれなくなった奴を何人も見てきた。

その大半が、部分のなかでも最底辺の、まるでスラムのような領域で中毒患者と成り果て、虚無と退廃の夢を見て暮らす、というそれはもうひどい生活を送っていると噂に聞く。

そんなことにならないためにも、核心をつかんだら余のことには一瞥《べつ》もくれぬ、という強い信念が必要だ。

重要なのは誠意と迫力だ！

そういうことも、一言申し添えておくべきなのだろうか、とまれ、この、踊り子、という白文字のうかみあがりたる黒い四角な領域こそが核心であることは間違いがないので、この黒い四角の領域に触れることで余は核心のさらに核心部分に分け入っていくことができるはずなのである。

核心遊びのかあさんたちはみーんな核心大好きよ。核心核心かね核心。ちくわと核心ちょうだいな。へーいへーい、まーいーどー、かーくしーんさーん。

そんな歌唱が思わず知らず口をついて出る。

笑みがこぼれる。

ということにはけれどもならなかった。なぜかというと、その黒い四角な領域には、踊り子、とは別に、おかしな白文字が浮かみあがっていたからである。

その白文字は、ムーンライトながら、であった。

踊り子、と最初に書いてあり、それに続いて、ムーンライトながら、と書いてあるのである。

なんのことやらまったくわからない。

字義通りに解釈すれば、ムーンライトながら、というのだから、ムーンライトであるけれども、という意味であろう。

ということは、普通であれば、ムーンライトであるけれどもまっかいけ、とか、ムーンライトであるけれどもサンシャイン、という風に、その後に、ムーンライト的でない言葉が続くはずだが、ムーンライトながら……、と、言いかけてやめた、みたいな中途半端な感じになっていて、この中途半端な感じ、保留、な感じから、核心とはほど遠いという印象を受ける。

こういう風に言いかけてやめるのは、こうした券売機械のインターフェイスとしてはまことにもってよろしくないことであるが、それをいま批判したって仕方なく、それはそれで後日、しかるべき場所できちんとした批判をすることとして、いまはこの、ムーンライトながら……、の後に何が続くのか、を解明する必要がある。

余はダラダラと長ったらしい議論が身の毛がよだつほど嫌いなのでズバリ結論から言おう。

余はそれは、踊り子、であると思う。どういうことか。順を追って説明しよう。

まず余は、黒い四角な領域の不親切な表記に句点を補い、

踊り子。ムーンライトながら……。

と読んでみた。これにさらに語句を補い、一部、表現を変えると、

彼は踊り子である。ムーンライトであるけれども……。

ということになる。つまり、これは倒置した表現で、これを通常の表現にすると、

彼はムーンライトではあるけれども踊り子である。

ということになって意味がかなり明白になる。つまり、彼はムーンライトであるから普通に考えれば踊り子ではないのだが、ある特殊の事情があってムーンライトでありながらも踊り子だ、と言っているのである。

しかしまだわからないことがある。まず、ムーンライトというのがなんのことなのかわからない。普通に読めば、moonlight、余は英語学にくらいので間違っているかも知れないが、それをおして和訳するに、月の光、という意味にとれる。そうすると、彼は月の光ではあるけれども踊り子である。ということになり、まったく意味が判然としなくなる。

彼と呼んでいる以上、彼は人間、すくなくとも生物であろうが、その生物である彼が月の光、であるというのである。また、月の光が踊り子ということはない。という通説もない。

ということはどういうことか。なぜそんな訳のわからないことになるのか。ひとつ考えられるのは、これは文學的詩的な表現であり、月の光、というのも、踊り子というのも、自然界、現実社会における月の光を指しているのではなく、ある種の、符丁、難しい言葉で言うと、象徴、であって、実際には人の心や考えの奥底にあるものを指している、という考えである。

しかし、余はその考えに与《くみ》しない。

なぜなら、券売機械、という実際的な機械のインターフェイスにそうした文学的表現を用いることは普通は考えられないからである。

では、これをなんと考えればよいか。

どうか驚かないでいただきたいが、余はこれは、これこそが余が乗らんとしている、スーパービュー踊り子号のことを指し示しているのではないか、と思うのだ。

えええええっ。Really? うそうそうそ、マジで? マジで? とたずねたくなりましただろうが、マジである。Reallty である。

なかには既に気がついていた人があるかも知れないが、スーパービュー踊り子号。踊り子。ムーンライトながら。このふたつは奇妙に一致する点がある、即《すなわ》ち、踊り子、という文言である。

そう。この踊り子というのはそうした文學的象徴的表現ではなく、ずばり、スーパービュー踊り子号を指し示すのではないか、と、余はそのように考えたのである。

そう考えると、券売機械。踊り子。という一見なんのつながりもないものが、一直線に結ばれる。

といってしかしすべての疑問が解決したわけではない。なぜならいまだ、この黒い四角の領域には、ムーンライトながら、という謎の文言が残されているからだ。

というか、この謎の文言がなければ、余は最初から、踊り子、と、スーパービュー踊り子号をダイレクトに結びつけて考えていただろう。しかしそこに、ムーンライトながら、という謎の文言があったため、子土場《ことば》の謎の森に迷うたのである。

というわけで余の思考は循環をするわけだが、しかし、踊り子＝スーパービュー踊り子号、と仮に決めてしまえば後は、ムーンライトながら、の問題に専念することができる。

専念しよう。

踊り子はスーパービュー踊り子号である。

しかしそこにはひとつの条件がある。それは、ムーンライトでありながらスーパービュー踊り子号である。という条件である。これは、くだくだしくなるので途中の思考の過程をすべて省いて結論のみ述べると、次の三つの状態が考えられる。

一、彼は大体はスーパービュー踊り子号であるが一部はムーンライトである。
二、彼は半分はスーパービュー踊り子号であり半分はムーンライトである。
三、彼は一部はスーパービュー踊り子号であるが大体はムーンライトである。

というのは同時に、

一、彼は大抵はスーパービュー踊り子号であるが時々はムーンライトである。
二、彼はスーパービュー踊り子号であるときと同じくらいムーンライトである。
三、彼は時々はスーパービュー踊り子号であるが大抵はムーンライトである。

ということでもある。

さあ、それをわかったうえでさらに考えなければならないのはムーンライトとはなにかということであるが、ここで文學的な解釈が許されぬのは右に見たとおりである以上、余はこれを、moonlight、すなわち月の光と解釈するより他ない。

つまり、右に挙げた三つの状態のいずれかの状態で月の光である、ということである。それは具体的にどういうことなのか。もはや人智を超越しているが、想像するに、まあ普通にスーパービュー踊り子号に乗車する。それはまあ、そうだろう。そのときそれが月の光であれば乗車することはできない。

乗車して席に座り、ガタンゴトーンガタンゴトーン、と通常に走っている。そのとき、突然、なんの前触れもなく、乗っていたスーパービュー踊り子号が月の光と化す。

そのとき乗車している乗客はどうなるのか。疾走していた列車が突如として月の光と化す訳だから、乗員乗客は当然、前方に投げ出されたる後、地面に打ち付けられ、全身を強く打ち、その結果、多くの死者、重軽傷者が出る。

しかし、そうではないのかもしれないな、と思うのは、そうした惨事になれば当然、大々的に報道をされるはずで、そうなれば超多忙をきわめる余の耳にも当然入ってくるはずである。ところがそうした話は聞いたことがない。

ということはどういうことか。

そのとき、乗客はスーパービュー踊り子号に包含《ほうがん》されたものとして同時に月の光と化しているものと考えられる。であればしかし右にも言ったように、必ずそれは報道されるはずである。もちろんひとりの人間が駅長室に駆け込んで、「わ、わたし、電車に乗っていたら突然、月の光になっちゃったんです」と訴えたら気のおかしい人と思われて病院に連れて行かれるが、乗客全員の証言となれば看過できぬはずである。

ところがそうした報道が一切ないのは、多分、月の光になっている間、人はその記憶を失しているからだろう。光の状態で人は連続した意識を保てぬのだ。

また、駅に到着するはずの列車が月の光と化していた。という報道がないのは、おそらく疾走しつつ月の光となったスーパービュー踊り子号は、次の駅に着くまでに再び、スーパービュー踊り子号に戻るからだろう。つまり、スーパービュー踊り子号は比較的短い間に月の光となり、そして元に戻っていると考えられるのであり、或いは、その感覚は極度に短く、明滅する電灯のようにチラチラチラチラ月の光になりながら走っているのかも知れない。

これは余の推測であるが、いわゆるワープ航法というのは、この月の光状態になるのを応用・発展させたものなのではないだろうか。

と、冷静に語っているように聞こえるかも知れぬが、実は余は興奮していた。列車が突然、その乗客乗員もろとも月の光と化す。

このことを自分としてどうとらえたらよいかわからなくなっていたからである。

そしてそんなことを知りながら公表しないで、ムーンライトながら、などと適当な表示でお茶を濁しているJR東日本に対する腹立たしさもあった。

自分が運行している列車が時々、月の光になるという驚愕すべき事態を放置して、いざそれが発覚したときは、「いや、一応、ムーンライトながら……、と断り書きを書かさせていただいて、注意喚起をさせていただいておりましたので、後はお客様の自己責任という風に評価してございます」などと言ってごまかすのだ。

これが余たちはこんな、戦後、を生きてきたのだ。

いやはや。なんてぇ、ご時世だあ。

と、慨嘆《がいたん》して天を仰いだとき、背後にただならぬ気配を感じた。端的に言ってそれは、殺意、であった。すわ、刺客か。振り返ると余の背後には長蛇の列ができていた。

余は慌てて、黒い四角い領域に触れた。

ときに月光と化しながら鉄路を走る列車の切符を買った。その際、グリーンを奢《おご》った。といってたいした金額ではない。例えば、東京から大阪までグリーンを買うとあまりの値段の高さに、自分の腕を自分でもいで肩から血液を噴出させながら土手をブラブラ歩きたいような気持ちになるが、距離が短いせいか、せいぜい鼻の穴から突出した鼻毛を抜いたくらいの悲しみしかない。

ただひとつ問題があったのは、余はみなとみらいまでの切符を買いたかったのだが、どういう訳か横浜までしか買えず、それが余の心のなかで悲しみのベラドーナとなっていた。

もっとも、ベラドーナとはなにか、と改めて尋ねられても困るのであるが……。

しかし、そんな苦しみや悲しみを乗り越えて進むからこそ人生というものがある訳で、会社のトイレの個室で多くの人が、「苦しみなんてへっちゃらさ。悲しみなんてへっちゃらさ」と絶叫して初めて、経済成長というものがあるのである。

ということで余も、そこにあった悲しみを小股で乗り越え先へ進んだ。

どこへ向かって進んだかというと、改札口に向かって進んだ。

改札を知らない人はないと思うが、一応説明しておくと、駅に設けられた関所のようなもので、ここを通らないと駅構内に入ることができない。

また、出るときも同じで、この改札を通らないと駅構内から出ることができない。

その改札を通るために必要なのが、いま購入した、切符、で、切符のない人は改札で弾かれて入れてもらえない。

出るときは、その出る駅までの切符を買っていないと出られない。横浜、までの切符しか持っていない人が、みなとみらい、で出ようとしても改札で止められて出られない。

人権思想の発達した現在、こんなことをやっているのは改札くらいである。

まあ、コンサート会場や展覧会などで、入場券を持たぬ人を入れぬ場合は確かにある。しかし、出るのは自由で、コンサート会場から出してもらえない、ということは先ずない。いろんなチェックが厳しく、持ち物検査身体検査までされる空港やなんかでも、出るときは拍子抜けするくらいに自由、というか、出る分に関してはなんのチェックもない。

というとしかし、いったん入ったら二度と出てこられない魔窟《まくつ》、というイメージを持たれる人もあるかもしれぬが、そこまでのことはない。その目的の駅までの切符を持っていれば、精神的な苦しみを感じることはほとんどなく、割合と簡単に改札を通り抜けることができる。

昔は改札には厳めしい制服制帽に身を固めた、関所役人のような人が立っていて、目視で切符をチェックし、不審な点があれば呼び止めて問い糾していたが、ここ三十年の間にほとんどの改札は機械化され、手前側の細い穴に切符を挿入すると、向こう側の細い穴からびっくりするくらいの勢いで切符が飛び出て、それと同時に行く手を遮《さえぎ》っていた棒がピョコンと開く仕掛けになっている。

おそらく細い穴と穴の間に、判読機械があり、切符に塗り込められたデーターを読み取っているものと思われる。考えたものだ。

この機械を買って据えておくのと、人間を雇っておくのとどちらが安いのか。機械に置き換わったということは機械の方が安いのだろう。その分鉄道会社の利益が増大する。いやはや、経営というのはおもしろいものだな。

そんな柄にもない感慨を抱きつつ、また、改札にまだ人の居た往時を偲びつつ、改札の前に立つと、五人の男女が改札の前でモジモジして動かず、余人が改札を通れぬ状態になっていた。なにか打ち合わせのようなことをしているようで、おもしろいのは、そうして自分たちが改札の前で打ち合わせをしていることによって諸人《もろびと》が難儀をしていることにまったく気がついていないということだった。

普通はこれだけ多くの人に難儀な思いをさせていれば、割合と早い内に気がつくはずで、なぜかというと、多くの人が邪魔な彼らを呪詛《じゅそ》しつつ、彼らを迂回して通り過ぎるからである。というか、かくいう余がそうで、さきほど自動券売機械のところで、ムーンライトながら、の問題について長考に耽った際、背後で人々が余をいみじく呪詛しているのを鋭敏に感知した。

しかるに彼らはそれに気がついていない。なぜそんなことになるかというと、彼らが他人の呪詛以上に深刻な問題に直面しているからに他ならない。

いったいどんな問題なのだろうか。まあ、いずれ、人間の心の闇で小人たちがドンジャラホイと踊りを踊っているような、複雑怪奇な問題なのだろうが、もしそうだったら、それを立ち聞きして、テキトーにアレンジして小説に書いて稿料とか貰おうかな。

そんな人間としての最低限の道理や道徳をかなぐり捨てたような破廉恥《はれんち》でふざけたことを考えた余は、改札を通ろうとしたのだけれども彼らに阻まれて通れない、という演技をしつつ彼らの会話が聞こえるところまで近づき、会話を盗み聞いたところ、彼らは、カフェかなにかに入ってひと休みをしたいのだけれども、いったいどういうカフェに入ったらもっとも雰囲気が素敵で、飲み物が素晴らしくおいしく、ちょっとした軽食を食べたら頬が落ちるくらいおいしく、そして料金が五人で八百円くらいで済むかしら。ということついて議論しており、ひとりがなにかを提案すると必ず反対意見が出る。その反対意見についても反対意見が出るのだが、それは必ずしも最初の提言に賛同する内容ではない、といったことを延々と繰り返しているようだった。

そんなことで多くの人に難儀な思いをさせるのは悪である。ならば彼らは懲らされるべきであるが、困ったことに現実世界で、また、個人の人格のなかで善悪はマーブル状になっていて、社会から、また、個人から純粋な悪だけを抽出してこれを除去することは、いまの技術では不可能で、もちろん法の支配にも限界がある。

なのであらゆる場所で悪がはびこる。善もはびこる。諸人が難儀をする。

そういうことも含めて肯定的にとらえ、法の支配の下、あまりにむかつくようであれば、法の支配の限界を超えた次元でこれを覆滅《ふくめつ》する。

具体的に言うと、さっき言った呪詛である。或いは、睨みつける。或いは、耳元で、チャッ、と舌打ちをする。聞こえよがしに、邪魔なんだよ、バカ野郎。と言う。過失を装って足を踏む、ぶつかる。カートをぶつける。いったようなことである。

というか、多くの人がこれを既に実行している。ところが、豪胆というのだろうか、彼らはまったく気にしないで会議を続けている。

ある意味すごい悪だな。

余は素直にそう思った。

六十代の男女各一名、四十代の男女各一名、十代の女一名の五人連れであった。

さて、余はこれを覆滅するべきであろうか。極度にむかついていれば、右に言ったような法の限界を超えた手法で覆滅すべきである。

余は余の心の様子を調べてみた。まあ、多少のむかつきはあったが、極度にむかついているというわけではなかった。余は余の心のなかを歩いている人にインタビューを試みた。

「あの、ちょっとすみません。むかつきますか？」

普通の人であればいきなりそんな質問をされてもなんのことかわからないだろうが、そこは自分の心のなかの人なので、質問の意図をすぐ理解してこたえてくれた。

「むかつきますね。ただ、極度に、という訳ではない。ちょっとむかつくくらいですよ。どれくらいかというと、バカに、木綿豆腐を買ってこい、と命じたら間違えて絹ごし豆腐を買ってきた、程度のむかつきですね。そもそもバカに頼んだ自分が悪いわけですしね。っていうか、おたくはさっき悪とか善とか言ってたけど、俺は、悪を懲らす、っていう考え方そのものがどうかと思うんですよね。現状で悪をなしている人に、そもそも本来はこうあるべきなんですよ、と言うことほど不毛なことはないと思うんですよ。現状にとって本来というのは夢のように実態のないものですからね。だからそれほどはむかつかねっす。また連絡しますよ。つか、今度、飲みましょうよ。じゃあね。イバイバ」

心のなかの人はそう言って心の角を曲がって心の闇の方へ歩いていった。頭に角の生えた、髭を生やした中年男で、ツイードのジャケットを羽織っていたが、腰からしたが魚になっていた。がため、歩き方が稍《やや》不自然であった。

とまれ、そういうことなのであれば覆滅する必要はない。という結論を得て余は社会の円滑な運営を妨げつつ、会議を続ける五人連れを迂回して隣の改札に向かった。

改札を通り抜け構内に入り、電光掲示板を見上げるとスーパービュー踊り子号は四番歩廊《ほろう》より発車するということがわかった。電光掲示板というのは電光によって必要な情報を掲示する板のことで、板というが木製ではなく、金属と合成樹脂で拵えた薄く細長い葛籠《つづら》のようなものである。それを縦にして棒で天井からぶる下げてある。また、電光という誰もが、電光影裏に春風を斬る、という文言を思い浮かべ、ムーンライトながら、の月光との対をなすのではないか、と考えるだろうが、それは深読みというもので、この「電光」を注意深く観察すれば、それが微弱な豆電球の明滅に過ぎず、稲妻を連想させる電光とはほど遠いということが直ちにわかる。

その掲示に従って四番歩廊にいたる階段の下に参ると、こういうものを、注意書き、というのだろうか、人の神経に直接的に訴えかけてくるような文章を記した、札、が貼ってあった。札は、大きくて立派なもので、「スーパービュー踊り子号ご利用のお客様へ」という題号に続いて以下の文言が記してあった。

※指定席券が必要になります。指定席券はご乗車前に改札外の「みどりの窓口」又は、指定席券売機でお買い求めください。

妙に気になる札であった。指定席に座ろうとするなれば指定席券を買わなければならない、というのは子供でも知っている理窟である。

その子供でも知っているような理窟をこんな立派な札を拵えて掲示してある。しかもそれは、すべての乗客に向けた啓蒙活動ではなく、「スーパービュー踊り子号ご利用のお客様」だけに向けたメッセージなのである。

これはなんでもない風をよそおいながら、スーパービュー踊り子号の特殊性を言外に示しているのであろうか。

と、思うのは、本文とも言うべき、右の文章に続いて文末に、それよりも何級か下がった小さな文字で、

ホーム上にも指定席券売機がございます。

と書いてあるからである。なのであればなんのために本文でわざわざ、改札外の、と書いたのか。自分で書いたことをその直後に自分で否定しているのである。或いは、本来であれば（また本来だ！）、「改札外」で買うべきだし、そうして欲しいのだけれども、やむを得ぬ事情でそれができなかった人のための、緊急的な救済措置として「ホーム上」にも券売機を設けてあるが、それはあくまでも臨時の措置であって、なるべくならばそれはやめてほしい、ということをこの文によって表明しているのであろうか。

しかし、この札を見た時点でどの人も既に、「改札内」に入ってしまっているのであり、その時点で指定席券を持っておらない人に対して、「改札外」で買え、と言っても無理な相談である。

そこで、文末の小さな文字の注意書きが生きてくる訳だが、だったら、右のように殊更に、「改札外」を吹聴しなければならない理由はどこにもなく、結局、この札が具体的な情報を与えようとしているのではないことがわかる。

では、この異様な札はなにを伝えようとしているのか。

それは、ただひたすらにひとつのことを言っている。

そはすなわち、スーパービュー踊り子号の特殊性であろう。

スーパービュー踊り子号。それに乗るためには指定席券が必要である。

どのように考えても言わずもがなのことである。それを敢えて札まで作って言う。

わかってるだろうな。おまえがこれから乗ろうとしているのは、「スーパービュー踊り子号なんだぞ」と、それだけを言っている。

あ、そうか。だからわざと改札外とホーム上を混乱させるようなことを言っているのか。普通であればあり得ない混乱、「改札外」でなければ買えないものが、「ホーム上」でお買い求めいただける、というこの空間的矛盾を敢えて現出せしめることによって、スーパービュー踊り子号がいかに特殊で、いかに異様であるかを暗に示しているのか。

あはははは。ブラボー。踊り子号よ。そしてそれを影で操る不思議の集団よ。

ブラボー、ブラボー。あはははははは、目がもげていく。あの梨もぎの夜のことをよもやおまえは忘れたわけではあるまいな。よいとまけをやり過ぎてヨイヨイになったあの哀れな男のことも！

といった具合でなんだか昂奮しちまった余は、昂奮のあまり、無意識裡にちょっとした舞踊のようなことをしてしまったらしく、衆人が半ばは軽侮したような、半ばは恐怖したような目で余を見ていた。いやなことだ。

しかし、だからといって反省をしたり、暗く落ち込んでいたりしたら生の肯定ができない。そのことも含めて、自分として肯定的に捕まえていく。それが若返りの秘訣なんですよ。と敢えておばはん的な口調で言ってみる。

それが根本姿勢だ。と、そうだ。さっきから券売機械の難しさに怯《ひる》んで生を肯定して自慢をするのを忘れていた。しよう。そういえばいま余は踊りを踊ったが、かつて親しくしていた人の友人が踊りの先生で振付師としても活躍している。いまや日本では第一人者といってよいのではないだろうか。お互い忙しくて会う機会も殆どないが、以前は親しい友人を介して何度か顔を合わせたことがある。

だからなんなのだ。という人が居るかも知れないが、なにもない。ただ、余にはそうした超一流の人を知り合いとして持っているということを言っているに過ぎない。

と言って思うのは、ううむ。うまく自慢ができないなあ。ということで、自慢というものは、もっとさりげなくというか、聞いた人が自然に、すごいなあ、うらやましいなあ、と思うような感じでしなければならず、目を剝《む》いて、必死のパッチで、「俺は凄い。俺は偉い。俺は金持ちだ。俺は精力絶倫だ」とやらかしたのでは、相手は鼻白《はなじろ》むばかりというか、嫌悪と哀れみが相半ばするようなまなざしでこちらを見るばかりである。

だから、いまのように、偉い踊りの先生と知り合いだ、ということを自慢したいのであれば、いま言ったように、直接的に自慢するのではなく、もっとさりげなく、例えば、「こないだ余の誕生日を祝ってくれる、という人があって……」という風に話を始めなければならない。ちょっとやってみると、

先月の六日は僕の五十二回目の誕生日だったが、その誕生日を祝ってくれるっていう人があって、都心のホテルのバンケットルームでちょっとした会を開いてくれた。地味に暮らしているのでそんなに来ないだろうと思っていたのだが、予想に反して多くの人が来てくれた。なんでも五百人近く集まったらしい。そのことだけでも僕にとっては十分すぎるほどのサプライズだったが、もっと驚いたのは、あの何畳高ノリさんが僕のためにソロダンスを踊ってくれたということだ。あの超多忙で分刻みのスケジュールに忙殺されている何畳さんが僕のために踊ってくれるとは！　古い知り合いのありがたさをつくづく感じた一日だった。

という具合である。ポイントは、「祝ってくれるっていう人があって」「都心のホテルのバンケットルームで」「五百人近く集まったらしい」「あの何畳さんがぼくのために云々」「古い知

り合いのありがたさを云々」といったところである。

こうしたポイントを押さえるために事実・実情とは多少違ってくる部分が出てくるかも知れないが、そんな小さなことにこだわっていては真の意味で生を肯定することはできない。

今度からはそのようにしよう。そう決意して余は歩廊に向かって確かな足取りであがっていった。確か反対側の階段にはエスカレーターがあったはずだし、地下通路にはエレベーターもあったはずだ。

しかし、余はそうしたものは敢えて使わず、自分の足で一歩一歩、確実に階段を上がっていったのだ！

# 第三章　魔　力

## 7

自分の足で確実に階段を一歩一歩、昇っていく。そんなことは当たり前のことだと余は思う。昇降機や自動階段を用いて茶を濁すなどは論外である。

そんなことをして我々はどれだけの素晴らしい体験を見失っているだろうか。そしてそのことをすぐ経済効果に置き換えようとする腐った精神。そんなものとも闘っていかねばならぬから凄く忙しいので階段なんか使ってられないよ、と言い訳する精神。

そんなものからもドシドシ逃れていくのが、離れていくのが、楽しいよね、嬉しいよね、と石破茂はだれに話しかけているのか？

そんな疑問すら吹き飛ばし階段を昇る。

しかし、それだけでは駄目だ。

それだけでは階段はいつまで経ってもただの階段だ。いつまで経ってもstairway to heavenにはならない。

ではどうすればよいのか。

簡単なことだ。心を込めればよいのだ。一歩一歩心を込めて、ロッコンショージョー、ロッコンショージョー。唱えながら昇っていく。そうして登り切ったところは間違いなく天国である。なんてことは讃岐の金比羅様に参った人なら誰でも知っていることなのだろうか?

という巧妙な疑問形。こんな手口に騙されてはならない。信じることと騙されること。同じことだが違うことだ。法然上人にすかされまいらされて。ということがつまり必要ということだ。

オレオレ詐欺。という。そんなものはもう旧い。これから必要になってくるのは君君詐欺だ。あんた誰ですか。君だよ。俺は君だよ。え? 君って俺なの。そうだよ。君君。君だよ。I am you. だよ。

ということになればもはや犯罪ですらない。なぜなら自分で自分に振り込むわけだからね。単なる資金移動。そして、その先に広がっているのは果てしない荒野のような天国。渺々《びょうびょう》たる神の国。天国。神の典獄。そんなものに敢えてなる覚悟。それが生を肯定するということなのだ。

そんなことを心の底で本当の本当の本当に思い念じながら余は階段を昇っていった。

さて、その先に天国が、渺々たる神の国が広がっていただろうか。

そこにあったのは立ち食いうどん店であった。頭に白き布をかつきてオバハンちゃんが客待ち顔で佇んでいた。

そのとき私は中学の同級の町屋敷《まちやしき》という者のことを思い出した。町屋敷はぱっとせぬ人間で、顔つきももっさりしていた。その町屋敷が国語の授業で短歌を作った。それがどんな歌だったのかは当然、覚えておらぬのだが、最終句だけは覚えており、それは、「ひとりかたずむ」というフレーズだった。かたずむ、とはなんのことやらわからぬが、町屋敷は、ただずむ、という語を、かたずむ、と誤って学習していたのだ。

それ以来、余の内部・内奥に、佇む、という語を、かたずむ、と言いたい気持ちがずっとあったのだが、町屋敷の短歌を知らぬ人にとってそれは単なる誤りであり、或いは、無知、と思われて馬鹿にされて小突き回され、しまいには繰り倒され、倒れたところを蹴られ、肋骨を折るなどして嫌な思いをするかもしれないので我慢してきた。

しかしいまはちゃんと町屋敷のことを説明したので大丈夫だ、言いたいように言おう。

そこにあったのは立ち食いうどん店であった。頭に白き布をかつきてオバハンちゃんが客待ち顔でかたずんでいた。

言った。四十年来の宿願であったが、いざ言ってみると別におもしろくもなんともない。

階段のうえにはそれ以外のものもたくさんあった。

茶や菓子、新聞や雑誌、煙草、ガム、やなんかを陳列・展示して売却している掘立小屋があった。弁当を専門的に売却している掘立小屋もあった。そして待合室があった。木造ペンキ塗りで、なかに木造ベンチが作り付けてあり、これにも白いペンキが塗ってあった。座面の、尻と腿《もも》裏の当たるところが湾曲しており、当惑するようなフィット感を醸成していた。

また、先ほどの階段下の貼り札にて言及されていたのがこれであろうか、指定席券売機のような機械があった。随分と大きな機械で、まるで馬鹿な巨人が笠をかぶっているみたいな感じでトタン屋根をかぶっていた。

そしてホームには無数の文字が躍っていた。そしてさまざまの色彩に溢れていた。

文字は町屋敷の短歌ほどの文学性も帯びておらなかった。かといって精確かというとそうでもなく、その根底にある安易な情緒が腐りながら表面に現れていた。すべての色彩は人工的で安っぽかった。実際に安い塗料を使っているのかも知れなかった。

つまり。つまるところ。そこは通常の歩廊《ほろう》であった。

渺々たる神の国ではなかった。

なぜだ。余はstairway to heavenを昇っていたのではなかったのか。

余の一歩一歩の心の込め、が足りなかったのか。生をきちんと肯定しきれていなかったのか。

いや、そんなことはない。心はかなり込めたし、生の肯定もけっこうやっていた。ではなぜ、ここが天国ではなく、普通の歩廊なのか。

しかしまあ、それは当たり前の話である。ぶっちゃけた話が、駅の階段を昇って、そのうえに神の国、弥勒の世が広がっている、なんてファンタジーを信じるのは普通に考えればキチガイである。

ただその際、なにをもって神の国とするか。によっては本当に神の国が顕現するということはあると思う。

それは神の国とはどんなところか、ということを真剣に考えることでもある。

学校で建久三年西暦一一九二年に源頼朝が征夷大将軍に任ぜられて鎌倉幕府を開いた、と習った人は多いだろう。そしてその後、政所《まんどころ》、侍所《さぶらいどころ》、問注所《もんちゅうじょ》などが設けられた、とも習っただろう。

しかしそれは飽くまでも機構面・組織面での話であって、実際の鎌倉幕府の壁の色とか、鎌倉幕府の冷暖房とか、鎌倉幕府のランチ事情、鎌倉幕府のセクハラなどについてはなにも習っていないし考えたこともない。

しかしそれを考えない限り、鎌倉幕府について真に考えたことにはならない。

神の国についても同じことで、漠然としたイメージを持っているだけでは神の国には入れない。そのためには、実際の神の国、とはどんなところか、ということを思いを凝らして考えなければならない。

ましてや神の国についてはその成立年代や機構・組織図すら明らかではないのだ。

なので、そんなことはないとは思うが、仮に丸の内の一角に神の国が成立していたとしても、現時点ではそのことに気がつく人はいないだろう。

だってなにも考えていないのだもの。

よって駅の階段のうえが突然、神の国、ということがない訳ではない。そしてそれがごく普通のプラットホームの形を外形的にはとっていることも理論的にはありうることである。

ただ、ここは違う。違った。

もちろん余とて神の国の細部まで熟知しているわけではないが、直観的・直覚的にここが神の国ではないことを悟った。

それはもはや理論を超越した余の人間としての経験をベースとした知見である。

同じ地層のずれを見て、ある人は、活断層である、と言い、ある人は、地滑りだ、という。

俺にとっては活断層、俺にとっては地滑り、ということなのだろう。

どちらが正しいかがわかったとき、既にこの世は滅んでいるのだ。そのときになって初めて、俺、によって隔てられていた事柄がひとつのことになる。

そして、この余もな。くわつはつはつはつはつはつはつはつはつ。

つまり正しさを主体は認識できない。しかしそれもまた楽しからずや。くわつはつはつはつはつ

はつはつはつはつ。それならばいっそのこと、「楽しからず家」という立ち食いチャーハン店でも立ち上げて自ら厨房に入り、客待ち顔でカウンターの向こう側にかたずんでやろうか。くわつはつはつはつはつはつはつはつはつ。くわつはつはつはつはつはつはつはつはつはつはつはつはつはつ。

気がつくと余はまるで発狂した人のように哄笑していた。

なぜここが天国でないのか。答えはすでに明らかだったので。

そしてそのうえで、紛れもないこの世である歩廊の、先ほどからちょっと気になっていた自動券売機の様子を改めて観察した。

そしてそのうえで少しでもおかしなところがあれば破砕してやろうと考えていた。

もちろんそんなことをしたら逮捕・監禁されて理不尽な目に遭わされることくらいはわかっていた。それが国家権力というものの正体だ。けれども別に滅んだって構わない。殺されたって構わない。そんな気概を誰かが持っていてくれれば余はそれだけで満足だ。つまり代わりに誰かが殺されてくれればよい、という訳だ。

というと、余は自分の罪を人に負わせて自分だけがぬくぬくしている豚野郎っていうことになるのか。じゃあ、そういう人に余は問いたい。イエス様は誰のために死んだんだろう。って。それは民進党と自民党の醜い言い争いにもひとしい。だから余はそんなことはきれいさっぱり水に流してさわやかな、トイレにサワデー、のような欺瞞ではない、本当のさわやかさを回復する。それが生の肯定。むしろ爽快なエゴイズム。ミーイズム。

そんなことを思いながら目の力で鋼板の表面に穴が開くくらいの勢いで自動券売機を観察した。

そしてここにまた踊り子号の特殊性がさりげなくあらわれていた。まずひとつはそれが、スーパービュー踊り子号専用指定席券専用の券売機であるということである。

どういうことか。

その自動券売機は巨大で、一般的な飲料の自動販売機の二倍の横幅を持ち、一・五倍の高さを持っていた。普通の自動販売機をトイプードルだとしたらグレートデーン、軽トラだとしたらハマー、よし子ちゃんだとしたら琴爆発みたいな、そんな大きさだったが、大きいということはそれだけのキャパシティーがあるとするならば、スーパービュー踊り子号だけではなく、その他のいろんな線の指定席券を売ることができるはずで、事実、先ほどの券売機械はよし子ちゃんくらいの大きさくらいしかなかったが、在来線から新幹線にいたるまで、ありとあらゆる指定席券、いや、指定席券だけではない、乗車券からなにからみな売っていた。ところがこの琴爆発はこんな巨体でありながらスーパービュー踊り子号の指定席券だけを売っているのである。

なんでそれがわかったかというと、その巨大な機械の人間でいえばでこ・デボチンにあたるところに、スーパービュー踊り子号（指定席）専用特急券うりば、と大書してあったからである。

そのことから知れるのは、このデクノボーは自分の対応能力が極度に低いことをまったく差じておらず、それどころか誇りに思っている、ということである。

はたらく、ということは、はたのものを楽にすることである。と昔、母が言っていた。まあ、世の中にはヘマ、ミスを連発して、働けば働くほど周囲の苦しみが増大し、「頼むからおまえはなにもしないでいてくれ」と懇願される、といった人もおるようだが、基本的にはそういうことなのだろう。

だから人は労働に喜びを感じることができるし、誇りや情熱を持つことができるのだ。

ところが、おまえ、こいつはそんなことは微塵《みじん》も思っておらず、それどころか、あまり働かないことに誇りを持っている。

いったいどういう感性をしているのだ。

と心の底から不思議に思う方も多いだろうが、それもまたスーパービュー踊り子号の特殊性であるといえる。

要するに偉いのだ。だから他の、どうでもいいような特急券と一緒に売ることはできないのだ。もし、そんなことがあって失礼があったら大変だ、と思っている。

まあ、それは仕方ないとしよう。ところが問題はそこから先で、偉いのはあくまでもスーパービュー踊り子号であるはずなのだが、どういう訳かその指定席券を売っているに過ぎない琴爆発までが威張り出すのだ。

ははは。俺をそこらのくだらぬ在来線のしょぼい切符売りと一緒にしないでくれ。俺は高貴なるスーパービュー踊り子号の切符を売っているのだ。買いに来るお客は貴顕《きけん》紳士ばかりだ。あと淑女ね。セレブ的な。つまり俺はそういうお客しか相手にしないのだ。ホテルで言えばリッツとかそういうものだ。飯屋で言えば三つ星レストラン。鞄で言えばグッチ、ルイビトンといったスーパーブランドなのだ。

と、そんな自意識を持つにいたる。だから一般の券売機と間違えて買いに来た客などいようものなら大変な剣幕で、ここを先途と居丈高《いたけだか》に怒鳴りつける。

はあ？　なにいってんの？　意味わかんないんだけど。大丈夫？　脱法ハーブ食って錯乱してんじゃないよね？　じゃあ、馬鹿なのか。ここがどこかわかって、くだらん在来線の指定席券くれ、とか言ってんの？　ここはおまえのような○○○の○○○が来るようなところじゃないんだよ。○○○にでも言って○○○に○○を○○○してもらったらどうだ。なに？　俺は客だぞ、だって。あああ、もうなんか頭が痛くなってきた。眼精疲労もひどいし、胃も痛い。差し歯がとれた。デパスを家に忘れてきた。死にたい。けれども俺には仕事がある。休めない。こんなキチガイみたいなことをいう奴にも対応しなければならない。しょうがない。わかった。おまえは客だというのだな。じゃあな、パスポートか免許証、印鑑と印鑑証明、過去三年分の納税証明書、ローンなどがある場合は金銭貸借契約書、あとは、そうだな、あ、そうだ住民票と戸籍謄本と証明写真と車庫証明と印紙三万円を持ってきて申請書類を書いてくれ。それで本店の審査に合格して初めておまえはお客様だ。申請書は六百頁あるから郵送を希望する場合は所定の書類に住所電話番号記入してその場で送料を支払ってくれ。所定の書類はいまここにはないから駅長室に行って、所定の書類がほしい、とお願いして貰ってくれ。お願いすればきっと貰えるはずだ。だめだった場合はどうするのかってか。大丈夫だ。ホームページにアクセスしてログインすればそこから申し込める。ただしログインするためにはＩＤとパスワードを取得しなければならない。そのために入会手続きしてくれ。入会金などは必要ない。登録フォームに入ってくれ。そこで必須事項を記入して簡単なアンケートに答えるだけだ。あ、それから審査だがいま申請が殺到しているから審査には最短で三年程度かかると思っていてくれ。じゃあな、頑張ってくれ。

　みたいなことになってしまうのである。

　そしてその後、奇妙なことが起こる。

　というのは、この琴爆発の権力・権勢の源泉は、勢力のある客で、勢力のある客をいつも相手にしているからこそ、まるで自分に勢力があるかのような態度で一般客を見下すのであるが、そうしているうちに、その勢力ある客をも見下すようになってしまうのである。

　なぜだ。自分の勢威・勢力の源泉を否定してどうするのだ、と思うのは当然のことである。そんなことをして客に疎んぜられたら破滅じゃないか。とも思うだろう。

ところがさにあらず、琴爆発は一般客ほどではないにしろ、勢力のある金を持った客をも見下してなお破滅しない。

なぜか。それは客が指定席券を必要としているからである。金を持った貴顕紳士が指定席券を買いに来る。「あー、君。指定席券、ワン」それに対して、「ああ、指定席券ね。いいよ、別に。可哀想だから売ってやるよ。ないんでしょ、指定席券」みたいな偉そうな態度をとる。

琴爆発風情にそんな風に言われた貴顕紳士は当然、怒るが、ここで指定席券を買わなければスーパービュー踊り子号に乗れないので耐える。

その根底には、こんな男と言い争いをしても仕方がない、という気持ちがあるのだが、琴爆発はこれを、こんな貴顕すら俺には下手に出ざるを得ない。というのは、俺がそれだけ重要な仕事をしているからだ。社会でそれだけ重要なポジションにいるからだ。と、思い込んでしまったからである。

といって、あそうだ、余は先ほどから、この男、とか、琴爆発とか言っているが、これは余の方でつけた仮の名前であって、これは飽くまでも一個の巨大な券売機械である。したがって、右のような客とのやりとりを実際に聞いた訳でもなく、その心中をわかりやすく説明するために余が拵《こしら》えた、たとえ話、である。

しかし言う。その心内語はきわめて精確である。なぜそんなことを言えるのか。ひとつにはいまも言うように、この巨大な琴爆発がデボチンのところに誇らしげに、スーパービュー踊り子号（指定席）専用特急券うりば、と大書しているからであるが、そのうえ、そのでこの上の方に人間で言えばスローガンを記したはちまきをしているようなものであろうか、クレジットカード専用、と書いてあるのである。

つまり、現金などという泥臭いものはお断りで、この偉い俺から指定席券を買おうと思ったら、スマートなクレジットカードを用意しろ。ニューヨークではそれが当たり前だった。みたいな高飛車なことを言っているのである。

余はこの一時を以てして、この男が貴顕の客をも見下していると断じた。

傲岸不遜ここに極まれり、と言えるが、本当に恐ろしいのはこんな男をここまでつけあがらせてしまうスーパービュー踊り子号のもはや魔力と言ってもよいくらいの特殊性であるということを忘れてはならない。

8

高が知れた自動券売機風情の琴爆発が、俺から切符を買いたければクレジットカードを用意しろ、と嘯《うそぶ》いたり、あろうことか貴顕紳士を小馬鹿にしたりする、その権勢の、本当の源泉はスーパービュー踊り子号の特殊性にある、と申し上げた。

くだくだしくなるのでこれ以上、詳しくは申し上げぬが余はその後も、その特殊性の痕跡を歩廊のあらゆる場所に発見した。

例えば、琴爆発にあんな態度をとられ、腹に据えかねて文句を言った人があったのだろう、後で気がついたのだが、琴爆発と向かい合うようにして、もうひとつの自動券売機が設置してあった。

これは琴爆発に比べると遥かに小ぶりで、人を威圧するような外観ではなかった。このあたりも、人々の琴爆発に対する反感・怒りを考慮した人員配置なのだろうが、しかし、スーパービュー踊り子号はどこまで人の心を狂わせるのであろうか、この小男も、どことなく高慢な印象で、「駅の小天狗」といった風情で突っ立っていて、客に対する親切心というものが微塵も感じられない。

なんでだろう。なんでこんな高慢な感じがするのだろう、そう思って駅の小天狗をつくづくみてわかった。駅の小天狗はあろうことかデボチンのところに、Ｓｕｉｃａ専用、と書いた鉢巻を巻いていたのである。

駅は初め小天狗に、「琴爆発が威圧的な態度をとって客から苦情が来ている。かといって、琴爆発を急にやめさせる訳にもいかぬから、ここは一番、身体も小さく、威圧感のない、おまえがクレジットカードを持っていない客の応対、応接にあたってくれぬか」と依頼した。

そして小天狗も、「ようがす。参りましょう。まったく琴爆発ときたら困った奴ですね。私たちが客商売をしているということをまったく理解していない。客商売というものはなにより

も お客様第一に考えねばなりませんのにね」と言って歩廊にやってきたのだ。

ところがスーパービュー踊り子号の魔力というのはどこまで恐ろしいのだろうか、最初はそうして顧客優先で考えていたこの男が、自分がスーパービュー踊り子号の切符を扱うのだ、とわかった途端、小天狗になってしまったのであって、その豹変ぶりたるや、名義だけ貸したつもりが、なぜか比例で当選して議員バッジをつけてしまったそこらの兄ちゃんのごとくで、俄に威張りだし、山椒は小粒でピリリと辛い、琴爆発がクレジットカード専用でいくなら、乃公《だいこう》はSuica専用でいってこましたろかい、てな具合であんな鉢巻を巻くのである。

本当に怖いことだ。

小天狗にとっても、琴爆発にとってもそれが自分の、生を肯定している、ということなのだろうか。渓間《たにま》の聚落《しゅうらく》の方に野菜をいただいた自分、衣装部屋を持っている自分。よい鍋を持っている自分。そんな自分を語り、そのことによって他に、凄い、と思わせるという、一見、腐ったような精神が実は崇高な生の肯定であると信じてここまでやってきたのだが、所詮それは精神の曲芸に過ぎなかったのだろうか。

余は子供の頃からずっと、周囲の人に、人の振り見て我が振り直せ、と言われてきた。親にも先生にも友人にも従兄弟にも言われた。

なかでも印象深いのは大型トラックの運転手の兄ちゃんにそう言われたときのことで、子供の頃、余が公園の脇を歩いていると大型トラックが通った。

やあ、大型トラックだ。けれどもそれは子供である余には関係のないことだ。

そう心得て私は前を向いて歩み続けた。したところトラックが前方で急停車し、なかからサングラスを掛けた兄ちゃんが降りてこっちにむかって歩いてきた。頭にはねじり鉢巻をしていて、頬の肉がそげ落ちたようになっていた。大汗をかいていて、その汗の臭いがたまらなくいやな臭いだった。

兄ちゃんは作業服のような衣服を着ていたが、余の前で立ち止まった兄ちゃんはそれを脱いでくるくると裸になり、
ヤッソレヤッソレ、当山踊りじゃ、雀の脇から佛のマンション、頭のなかから雀のなかへと、痺れる絨毯、卑しみチャーハン、ヤッソレヤッソレ、ホホラノホイ。たら、ホホラノホイ。

と、阿呆としか言いようのない歌を歌いながら踊り始めた。

子供ながら呆れ果てた。大人というものはよほど豪《えら》いものだと思っていたがどうやらそうでもなさそうだ。

そう思って見ていると兄ちゃんはやがて踊るのをやめた。やめたはよいのだが、あまりにもあまりにも激しく踊ったためだろうか、兄ちゃんはその場に這いつくばって嘔吐《おうと》し始めた。

いよいよ阿呆だな。

そう思って見ていると、ひとしきり嘔吐した兄ちゃんが四つん這いのまま、顔だけこちらに向けて言った。

「俺を軽蔑しているのだろう」

思いの外、冷静な口調だった。白目と黒目のコントラストが不気味だった。余は言った。

「ああ、軽蔑しているよ」

そのとき兄ちゃんは顔を不自然にねじ曲げたまま言った。

「人の振り見て我が振り直せ」

そう言うと兄ちゃんはその場で高速で回転し始め、一本の黒い棒のようになったかと思うと地面に吸い込まれていった。

それ以来、余は人の振りを見るたびに我が振りを直してきた。

体育の授業、なんて際も、人の振りを見て我が振りを直した。

もういまとなってはそれをなんと呼んでいたのか忘れたが、全員が白い線のところに並んで、号砲、といって田舎教師が模擬拳銃で空を打つ音を合図に一斉に駆けだし、所定の位置までもっとも早く到着した者から順に番号を振って、早ければ早いほど豪《えら》い、みたいなことをやらされたときも、級友が、髪を振り乱し、白目を剝いて涎《よだれ》を垂らし、半狂乱で走っているのを見て、我が振りを直した。

自分だけはあんな浅ましい真似はしないでおこうと思ったのだ。

受験、なんてときもそうだった。同級生を追い落としてでも自分だけが受かればよい、というエゴイズム・ミーイズム丸出しの姿勢を見て、自分だけはあんな風になりたくない、と思った。

社会に出てからもそうだった。資本主義の世の中で、自分さえ儲ければよい・成績を上げればよい、というみなの態度を見て我が振りを直し、なるべく仕事をしないようにしてきた。ところがそこまでやっているのにもかかわらず、上層部はそのことをまったく理解しようとせず、冷遇された。嫌気がさしてコミュニストかロハスにでもなろうかとも思ったくらいだった。

なのでいまも、琴爆発、駅の小天狗の体たらくを見て、余の振り、すなわち、生の肯定、ということを見直したほうがよいのではないか、と思った、すなわち、余の、生の肯定、は、琴爆発、駅の小天狗の如き、庶民の嘆きを無視した独善に陥ってはおらないか、と思ったのである。

そこでもう一度、余の、生の肯定とはなにか？　なんぞいや？　ということを考えてみよう。

そも余の生の肯定は超然の蹉跌《さてつ》より始まった。

絶海の孤島。そして沖縄。余は日本国中を経巡って、深く思索した。その深さは人間の精神の限界を遥かに超えていた。

そして余は生死を超越し、この世の終わりと始まりを目撃した。

そしてひとつのことがわかった。

それは余がただのアホである、ということであった。普通の人間であればその時点で絶望して考えるのをやめ、ダラダラした人生を送ることだろう。しかし、余は諦めなかった。諦めないでなお思索した。

そして得た結論が、生の肯定、である。つまり阿呆な自分を丸ごと受け入れ、それを洗いもしない、皮を剝きもしないで、ゴロン、と丸ごと投げ出す。自分が気色のよい感じ、を感じたければそれを、丸ごと実現する。

例えば人間には他に承認されたい、もっと言うと賞賛されたいという欲求があるが、そうした場合も、これを丸ごと受け入れて、普通では恥ずかしくてできないような自慢もこれをする。それは別に敢えてするとかそういうことではなく、ごく自然な形で、丸ごとの自慢をする。ある意味で言うと、人間の丸出し、自分の丸出し、をやっていく。とまあそういうことだ。

だから、生の肯定、ということは、自分の丸出し、ということもできる。

そうしたことをいま余はやっている訳だが、琴爆発、駅の小天狗の醜悪な姿を見て、ふと不安になった、という訳だ。

けれども改めて考えてみると、不安に思う必要はないのかも知れない。いや、そうじゃないか、不安に思うべきことが違っているとでもいうのかな。

だってそうだろう、琴爆発はわからないけれども、少なくとも駅の小天狗は最初はあんな奴じゃなかったということが先ほどの思索によって明らかになった。

最初は駅の小天狗は恭謙《きようけん》な態度を取っていたのだ。ところが歩廊に来てからおかしくなった。

これは駅の小天狗の人間性に起因するものだろうか。

否。断じて否である。

行くところにいけば、小天狗はいい奴だったはずだ。みんなに親切にして、現金のお客さんなども大歓迎、一万円札にも五千円札にも対応しているし、おばあさんなどが小銭をモタモタとりだしても苛々しないでにこやかに待っていたはずだ。

ところがこんな奴になってしまったのは、みーんな、スーパービュー踊り子号のせいであって、不安に思うべきは、そんなスーパービュー踊り子号に乗ってしまって大丈夫だろうか。余の生の肯定が小天狗や琴爆発の如き独善に陥ることはないだろうか、ということだし、人の振り見て我が振り直す、その人の振りとは、一見、生の肯定に似た琴爆発、小天狗たちの高慢、ではなく、スーパービュー踊り子号の、魔力で人をたぶらかす、というようなことを自分がもししていたらそれを直す、ということである。

つまり、ちょっと話がそれるが、重要なことなので少しばかり思索しておくと、人の振りを見て我が振りを直すということの本質は例えば、人が泥棒や殺人をしているのを目撃したとしても、これを批判するのではなくして自分自身が泥棒や殺人をせぬようにするということである。

ここでもっとも大事なのは、余がこれまでしてきたように、自分自身の行いを正す、ということであるが、もうひとつ、安易に他を批判しない、ということがある。なぜなら人間は批判をするとそれだけでなんとなく自分が正義の側に立っているような気になって、自ら行いを正すのを忘却してしまうからである。

思うに余はここが不徹底であったような気もする。しかしいずれにしても余は二重三重の意味において、琴爆発、駅の小天狗の高慢な振る舞いを見て、余の生の肯定を直す必要はない、ということになる。

ということはやはり、真の敵、敵ということはないが、これからその腹中に入ることになる、スーパービュー踊り子号を注視していなければならないということになる。

やはり恐るべきはスーパービュー踊り子号なんだな。怖いことだ。

と考えて歩廊の端に進み、そろそろやってくるはずだな、と足下の乗車位置を示す印を確認して三度戦慄した。

スーパービュー踊り子号の乗車口は他の乗車口とは異なる位置にあったのである！

なぜそれがわかったのかというと、通常の乗車位置とはまったく別の場所にスーパービュー踊り子号の乗車位置を示すマークがあったからで、しかもそれはイラスト入りの豪華・豪勢なものだった。

なぜここまでするのか。いったいなんの戦略なのだろうか。

やはり乗客は本当にムーンライトになってしまうのだろうか。そう考えるとなんだか恐ろしいような気持ちになってくる。

いっそ乗るのをよそうかとも思う。頭の発狂がまったくとまらず、階下の売店で、茶ップリン、という銘菓が売ってあったが、あれを三百も買って歩廊にぶちまけたいような気分にもなってくる。

しかし、それをやるのは真の生の肯定ではない。それは自分の丸出しではなく、むしろ自分の隠蔽だろう。そんなことをすることによって本質的な丸出しを避けているのだ。

余は正気を取り戻さなければならない。

吩。

精神に気合の木刀を入れて余は乗車位置に立った。

そうすると、凄いものだなあ、次第に発狂が薄らいでいき、まるで普通の人間のような感じになった。

それとほぼ同時に、スーパービュー踊り子号が右の方角から歩廊に滑り込んできた。白と青を基調とした素晴らしいデザインで先端部はまるで掃き溜めに降り立った鶴の首のようだった。

窓や扉は未来的に際立ったデザインで、機能美とともに、乗る者に、米の値段が高いことや玄関の扉が開きにくくなっていることや、各所で水漏れが発生していることなどを、一時、忘れさせてくれるような夢と憧れがあった。

そのとき余の心が舞踊するアメノウズメノミコトの乳の首のようにビクビクした、なんでそんなことになるのだろう。不審に思って自分の心を検証すると、そこに闇雲な歓喜と昂奮があって、余は、これだな、と思った。

つまりこの意味と方向性を欠いた歓喜と昂奮こそが、琴爆発、小天狗を迷わせ、駅幹部をへどもどさせる魔力の源泉なのだ。

ははは。こんなことがわかった以上、このことを多くの人に知らせていく義務がある。

しかし大声で言うのも不粋なので俳句かなにか三十がとこしらいて、さりげなく象徴的に知らしめていく方が余らしいのかな、とも思う。踊る子の鶴首魔力雪月花。みたいな感じで。

ははは。まあ、それも乗ってからの話なのかな。

吩。

また気合を込めているうち、歩廊に入りごんできたスーパービュー踊り子号は次第に速力を弱め、そしてついに停車した。

余の前には乗車口があった。

いずれこれが開く。

あるいはこちらからお願いしないと開かぬのか。いや、そんな琴爆発や小天狗のような、児戯に等しいことはしないだろう。

そう思って、ぬっ、と立っていると、こういうのを自動開閉式、というのだろう、ひとりでにドアーが開いた。

と言うとなにを大仰なことを言っているのだ。いまどきは山手線でも地下鉄でもなんでも自動開閉式じゃわいな、と言ってくる人があるかも知れないが、しかし、それらは電気仕掛けでやっている科学的な自動開閉だろう。

しかし、スーパービュー踊り子号はそこに科学では説明のつかない開閉方式を用いているような気がしてならない。

まあ、余のみが、余のような人間のみが感ずることなのかも知らないが。

いずれにしてもあまり気持ちのよいものではない。

そう思って、乗り込んだ、そのとき、ビャーン、という音が頭の上で鳴ったような気がした。と同時に、頭のなかに溶けた鉛が入ってきたようなそんな感覚があった。

早くもかっ。

警戒しつつなかに入って、急によい心持ちになった。

目の前に目も眩むような美人が、それもふたりも立っていたからである。

9

目も眩むような美人を目の前にして多くの男はなんと感じるだろうか。

あはは。うれしきことだ。おもしろきことだ。と感じるだろう。

しかし、その一瞬後に訪れるのは絶望と虚無である。なんとなれば、美人・美姫というものは歴史的にみても権力者に侍るものであり、多くの一般的な、またはそれ以下の男にとっては手の届かぬ存在であるからである。

これを称して昔の人は、高嶺の花、と言った。

うまいことを言ったものである。

なんてことを言うと、以下のごとくに反論する人が出てくるかも知れない、曰く、なにを封建主義的なことを言っているのだ。いまは民主主義の世の中。基本的人権が憲法によって認められ、各種の自由が認められている。それをわかりやすい言葉で言うと、人の心を縛ることはできない、ということで、つまり、最後に愛は勝つ、ということだよ云々。

あははは。そらそうかも知らん。愛があれば銭など要らぬ。しかし、餓えと渇きに苦しむときに必要なのは神に捧げる犠牲である。

それは愛と矛盾するものである。

日照りが続いて美しい娘が犠牲として神に捧げられる。ところが娘には愛する男があった。よくある話である。

そのままではないがこうしたことは現代も続いている。そして厄介なことに現代の神は複雑で多様で、こんなシンプルな捧げ方はされない。

ってわけで餓えと渇きに苦しむ者は愛に生きることができない。

だからこそイエスの、貧しい者は幸い、義に餓え愛に渇くものは幸い、という言葉が私たちの心に深く深く響くのだ。

しかし、それは重く苦しい言葉だ。けっして甘ったるい言葉ではない。

絶望と虚無を通過して初めて口にすべき言葉だ。

あはははは、あほほほほほ。眼力などという。あの人の眼力はさすがだね、なんてことを簡単に口にする人が多い。

けれども余はそんな言葉は簡単に口にすべきではないと思う。

眼力。それはけっして外に向かう鑑賞眼などではない。

真の眼力とは内に、すなわち自らに向かう暴力的な力だ。

余は骨董品やなんかには完全なる素人でなにもわからないのだけれども、名品・逸品をみて、感に堪えぬ、みたいな口吻で、「いいworkしてますねぇ」なんていうのは、そいつ自体が偽物か、或いは単なる商売人だと思っている。

本当の本当の本当の眼力があればそんな反応は示さない。

自分の目の力で、自分の目をグングン内側に吸い込んで、目を顔の中にめり込ませ、口にほおばる。実はそれが本当の眼力なのである。

そして自分の目を自分の歯でぐしゃぐしゃに嚙み砕く。そしてその激烈な痛苦に耐える。そして、自分の目を自分の歯がぐしゃぐしゃに嚙み砕く様を、まさに末期の目でまざまざと見る。それこそが眼力である。その力を具備する者だけが本当の小説を書くことができるのだ！

さらに言うと本当の愛を語ることができる。

でもそれは簡単ではない。

以上が、余が世上に言われる、愛は勝つ理論、に容易に賛同できない理由である。

わかったかっ。痴《し》れ者ども。

わかったら二度と、愛は勝つ、などと吐《ぬ》かすな。どうしても言いたくなったときは、タミヤ駅まで全力で走っていき、売店で茶ップリンを有るだけ購入して口いっぱいにほおばれ。死ぬな。生きろ。目がなくなっても、生きろ。

なんてことを考えながら私は美人の美に耐えていた。

そして、目に力を込めた。するとどうでしょう、眼力で目がグングン顔の中に吸い込まれていき、目の前が暗くなってなにも見えなくなった。

ただ、頭のなか、顔のなかを、二個の丸い玉がたゆとうている感触があった。

やがて軽い吐き気がして、鼻がツンとなる感触があって、その後、二個の丸玉は口中にあった。それを噛み砕く勇気は余にはなかった。

いずれは噛み砕く。しかし、暫《しば》し待ってくれ。心の準備が必要だ。

そう思いながら飴玉を一時に頬張りすぎた愚かな小児のように頬を膨らませて、丸玉をしゃぶった。

その様子を見た美人は余を、輝けるスーパービュー踊り子号に初めて乗り、勝手がわからないでまごまごしている田舎出のおじいさん、と見たのだろう。余が手に持つ切符を見て、余を席まで案内してくれた。目というものがいっさい見えなくなっているのでこれはありがたかった。

目が見えなくても美が気配として伝わってきた。

気配としての美はより官能的であった。

いまか。いまこの瞬間、口中の目玉を噛み砕くべきなのか。

しかし、そうすると激烈な痛苦のため、まあ、修養のできた余のことだから、普通人のように絶叫する、ということはないにしても、呻き声くらいは上げるだろう。そうするとまた美人が余計なことをするかもしれない。

目を噛むのは、もう列車が速力を上げた後にしよう。

そう思って余は席に座った。

それがどんな席なのか。列車のなかがどんな様子なのか。もう闇の中にいる余にはわからなかった。ただ遠くで猿の子が叫ぶような、きいいいいいいっ、という甲高い声、馬鹿笑いが潮騒のように響いていた。相変わらず頬が膨らんでいた。

それに覆い被さるようにして、或いは、それらの音と層をなして、電子音が鳴ったかとおもったら、ゆっくりと、だが、確実に列車が前に動いた。

とまれ、進み始めた。もう少しで目ともおさらばだ。

そう思ったとき、鉄槌がへっついを打ち壊すような崩壊感を伴う、オンボロの声が頭蓋に響いた。

声は、本当にその覚悟ができているのか？

と言った。余は問うた。

「おまえはだれた」

「私は狗井真一《いぬいしんいち》というものだ。おまえの目玉の北西の位置に住んでいる」

「いつから住んでいるんだ」

「五、六年、住んでる」

「ちくとも知らなかったな」

「あたりまえだ。自分の目の中に住む者を見極めることができるのは覚者だけだ。その私がおまえに問うのだ。おまえは本当にその覚悟ができているのかと」

「ああ、一応はできておるつもりだ」

「嘘を言ってはいけない。おまえは恐怖におののいておったではないか。私はおまえの内側に住む者だ。おまえの考えていることはクリアーな画像付きで把握しているのだよ。本当のことを言いなさい」

「ぎくっ。ぎくっ。なんてフェイントも見透かしているのか。余はいままでこうしたことばの綾織りをこしらいることで各種の困難を乗り切ってきたのだがな。狗井、尊公は恐ろしい男だ。

やむを得ない。では本当のことを言おう。余はその痛苦を恐れていた。恐れて先延ばしにしていた。そのため外面的にこんなサザングローブフィッシュのようなバカで愛らしい顔になってしまっている」

「やっと本音を言ったな。しかし、おまえはその痛苦に対する覚悟もそうだが、目を噛み砕くためにはもうひとつの覚悟が必要なのを知っているか」

「どういうことでしょうか」

「その際の痛みは甚だしい。耐えきれずに気がおかしくなってしまった者も大勢いる。しかし、本当に大変なのはその後なのだが、おまえはその覚悟があるのか」

「後とはどういうことでしょうか」

「まだわからぬのか、痴れ者めが。目を噛み砕いたら最後、おまえは生涯を深い闇のなかで暮らすことになる。その闇は果てしないのだ。まずおまえはその闇に耐えられるのか。おまえは田宮にスタバやタリーズがないことを嘆いていたが、その闇には一軒の店もないのだぞ。コーヒーが飲みたいと思ったら、思念を凝らして凝らして、その凝った思念よりなる観念上のコーヒーを飲むしかないのだ。そんなことがおまえにできるのか」

「ううっ。そ、それは考えておらなかった」

「そうでしょう。うしししし。それからおんどれは……」

「お、おんどれですか」

「さよう。おんどれは、その目玉の砕ける瞬間を砕ける目玉で凝視する、と言っていたな」

「へえ」

「そしてそれを描くのが真の文学といっていたな」

「へえ」

「どうやって描くんだよ」

「へえ、パソコンで」

「パソコンはいつもどこに置いてあるんだよ」

「二階の猫のいる部屋の、本棚の隙間に隠してあるんですよ。若返りの秘訣なんですよ」

「なにをバカなことを言っている。二階までおまえはどうやっていくんだよ」

「玄関脇の階段をのぼっていく」

「目が見えないのに大丈夫なのか」

「ぎくっ。くぎっ。釘煮。肉着」

「そういう具体的なことをおまえはなにも考えていないのではないか。おまえの言っていることはみな観念上の遊戯に過ぎぬのではないか」

「ああああああっ。あーあー。ははは、余はもうターザンだ。Tarzanだ。獣皮をまとって密林を駆ける。でもそう思っているのは本人だけ。実際には、ゴミ袋をかぶって歌舞伎町を逃げ惑う、頭パーマン」

「まあ、そう自分を責めるな。おまえがひとつ忘れてしまっていることがある」

「なんでしょうか」

「生の肯定だよ。おまえは美人に会おうがなにをしようが生を肯定すべきなのじゃないか。この踊り子号の中でおまえはおまえの生を肯定する。それこそが真にやるべきことじゃないのか。一刻も早く、目を噛み砕くなんてバカな考えは棄てろ。おまえが目を噛み砕くことによっておまえの目の中に住む、この狗井真一はたちどころに居所を失って死んでしまうのだぞ。いや、私だけならよい。正義のために死んだって構わん。ただな、おまえの目の中には多くの者が住んでいるんだ。そのなかには年寄りも子供もいる。そうした者たちのことも少しは考えろ。考えて生の肯定をしろ。いいか。ばかなことを考えるんじゃないぞ。じゃあな、俺はもう行くからな。実は俺はこうしておまえに話しかけることによって寿命を縮めているんだ。おまえとの一分は目の中の十年。はは、おれこそ目を噛みたいよ。じゃあな、元気でな。もう会うこともないだろう。御免」

あ、ちょっと待って…、声を掛けたが狗井は戻らなかった。

余は改めて口中の目玉をしゃぶった。このなかに狗井真一を始め、多くの人が住んでいるという。地球というものは本当は人の眼球なのだろうか。

宇宙というのは人の頭蓋の奥の闇のことなのか。

洪水伝説というのは、このように眼力を用いて目を頭のなかにめり込ませてしゃぶることによって生まれたのだろうか。

大坂には、目ぇ噛んで死ね、という常套句がある。

とまれ、余は確かに眼力という言葉の真の意味を悟った。

しかし、悟ったからといって自らそれを実行することはなかったのだ。その理論のみを開陳し、そうしたことを悟った自分というものを他に誇っていればそれでよかった。

すなわちそれこそが生の肯定だったのだ。

自分にその力を行使するということは身を滅ぼすことだ。自国で開発した核ミサイルを自国に撃ち込むようなものだ。

じごく。しごく。じごく。

この三段階だよ。失敗しちゃったな。

そう悟った余は、再び自らの眼力を用いて口中の目玉を元の位置に戻そうとした。

ところがいくら目に力をこめてもこれが戻らない。

というのはしかれども当たり前の話かもしれない。なぜなら、さっきも見たとおり、真の眼力とは内へ内へ向かう力であり、外へ向かう力でない。

宜《むべ》なるかな。

ってことは下手に力をこめると目玉の大将、腹中へ入らんとするやも知れぬ。そうなるとちょっと厄介、ならばいっそのこと吐き出して、外側から嵌めこんだ方が、簡単なのか。いや、そうすると視神経が露出配線となって具合が悪いし、下手をすると神経が千切れて、目はただの飾りになってしまう恐れもこれあり、やはり来た経路を戻すよりほかない。

そこで手巾《しゅきん》を人差し指と中指に巻いて口中に手を突っ込み、グイグイ押してみたが、一個は鼻に繋がる管をふさいで、一個は喉に落ちていきそうになり、息ができなくて、吐きそうで、涎と涙がダラダラ流れる、という三重苦の状態に陥って、しかし、狗井の言うとおり、このまま目を頬張った儘《まま》で生きていくわけにもいかないので、我慢してやっていると、「お加減でもお悪いのですか」という女の声、どうやら美人が心配してやってきたらしく、仕方がないので、いったん作業を中断、目玉を吐き出して、神経が切れぬように注意しながら、両の手で摘まみ、「いやなに、この目がね、うまく嵌まらなくてね」と言うと、キャッ、という悲鳴を残して美人が逃げた。

ははは。おもしろきことだ。

と、そう思うのは女学校の門前などで陰部を丸出しにし、女学生がキャアキャア逃げ惑うのを見て喜ぶのに似た變態《へんたい》心理だろうか。だとしたら情けないことだ。

そんな自分は否定したい。

とはいうものの困ったものだ。

やはり専門のお医者に行って嵌めて貰わないと駄目だろうか。面倒くさいことになったものだ。

横浜まで行けばいい医者があるだろうか。
或いは、医者を探すのも面倒だから、美人に頼んで救急車を呼んで貰うか。
しかし、美人は逃げてしまった。
なんで余っていつもこうなのだろう。
よかれと思ってやったことがすべて裏目に出るぜ。
兎に角、目が大事だ。
余はそう思って再び目を口に含んだ。

# 第四章　目のない男

10

東京に住んでいてカネがないということは首がないのと同じことだ。と父親がいつも言っていた。昭和四十年代のことだった。では首なし美人というのはお金がなかったのかな。俗に言う、ゲルピン、だったのかな。と子供心に思った。いまの若い人にゲルピンなんて言ってもわからないかな、ゲルピンとは素寒貧《すかんぴん》のことである。素寒貧もわからないかな。早く言えばオケラということである。なーんてわからないのを選《よ》って言ってるン。

余は首はある。実際の首もあるし、嚢中《のうちゅう》には些かの阿堵物《あとぶつ》もある。だからこんな時代に、美術を見たい、とか言って道中をしている。幸福なことだ、と思う。

しかし、目がない。いや、あることはあるが、あるべき位置にない。

これは不幸なことだ。目くらのレモンも死んじまった。ひとりで飲むしかねぇ。

けれども間違えて目を飲んでしまったら元も子もないし、いやさ、こういう場合、元も子もない、という表現は正しくないのではないか。

と、憂歌団みたいに思うとき、余は同時に、いやさ、こんな目がない状態になって、そんな文学的なことを考えている場合じゃないか、とも思う。

しかし次の瞬間、いやさ、このように目がない状態だからこそ、それをむしろ肯定するというか、「余なんか眼力をやって目が内側に引っ込んじゃったんだよね。凄いでしょ」と誇っていくことこそが、生の肯定ではないのか、という考えが頭のなかを野ネズミのように駆け回る。

野ネズミは成長し、いつしか恐竜となって脳漿を貪り食らう。

余はいよいよ生を肯定、眼力の素晴らしさをインターネットの媒体を用いて世の中に広めていく。それに影響された若者や主婦層がみんな眼力をやってみんな目を口に吸い込む。

目が目の位置にないのが当たり前になり、目が口のなかにないと恥ずかしい、みたいな世の中になる。

「なにあいつ、いまどき、目ぇのとこに目玉はめてるやん。どこの田舎から出てきたんやろ、あほちゃう?」

みたいなことになる。実際、その方が便利なのは間違いなく、所定の位置に目が付いておれば、前しか見ることができないが、頭の上にリモコンで動く回転皿のようなものを置き、口から目玉を出してそのうえに置けば三百六十度の視野を得ることができる。

そうなれば余はたいしたものだ。なにしろこの世で初めて眼力をやった人間だからね。そうした回転皿を始め、眼球ケースや血管保護パイプ、オリジナルストラップ、追加眼球、神経アダプタ、といったアクセサリやパーツもバカ売れして、まあ、別にカネを儲けること＝生の肯定ではないが、ハイブランド、スーパーブランドの商品を持ち歩いたり、イタリア製のスポーツカーに乗るなどして、そうしたことをさりげなくブログとかで自慢するのもまた乙なものでございましょう。著名人と知り合いであることを自慢したりね。

と、しかしそんな俗なことではなく（それも悪いことではないが）、さっき文学的拘泥といったように、こうしたことをドシドシ文学にしていくということもやはり一種の生の肯定であることは間違いないだろう。

そこで考えた。「目なし代官」というのはどうだろうか。

永保八年、霜和国善良郡《しもわこくぜんら》を支配していた代官板垣三郎兵衛《いたがきさぶろうべえ》は領民から目なし代官と呼ばれていた。彼には目がなかった。彼は頭に毛髪がなかった。彼の頬はいつもなにかを含んでいるように膨らんでいた。彼は赤い衣服を好んで着用していた。ほがらかな男で、彼の家にはいつも仲間が集まってきた。みなでわいわい言いながら領国支配を行うのが彼の流儀だった。なのでリビングを広くとって、キッチンはアイランド式とした。それは彼の妻のこだわりでもあった。彼は人前では、酒は飲んだが、けっして飯を食べなかった。いつも飴玉を舐めていた。彼の政治姿勢はたった一言。数打ちゃ当たる。彼はさまざまな政策を実行した。代官の主な業務は税金を集めることだが、彼はこれを民間に委託することで業績を上げていた。ところが、そのため一部の金融資本家に土地が無茶苦茶に集積してしまったため彼は今度は再分配政策を断行した。金融資本家は中央の権力と結んでこれに対抗したが、目なし代官はあくまでも民衆の立場に立って、政策を実行した。彼と敵対する多くの者、そのなかには代官所に勤務して面従腹背《めんじゅうふくはい》する者もあった訳であるが、彼らは代官がなにも見ていない。なにもみえていない、と思い込んで代官を侮《あなど》り、重要な書類や証拠品を彼の目の前でやりとりしていた。ところが彼は心眼でこれを見ていた。正確に言うと、口に含んだ目を舌先で、ちゅ、と押しやってこれを見ていた。人々はこれを飴玉だと思っていた云々。

そのように民衆のための百姓万姓のための政策を進め、そのためにけっこう無理をした目なし代官だが、その政策を民衆は必ずしも理解しなかった。そこに目なし代官の不幸があった。

「目がない男に政治を任せていいんでしょうか？　目がない男に私たちの未来を託していいのでしょうか」

敵対勢力はそんなことを言って民衆を扇動する。民衆は一揆して暴れ回る。

「視力が0・01しかなくても普通の位置に目があるだけで人はこれを信用する。所詮、僕は信用されない。僕の政策には成功した政策もある。残念ながら結果を出せなかった政策もある。だけどどうだろう？　少なくとも僕はその局面、局面で矢継ぎ早に政策を打ち出してそれを実行してきた。その間、やつらはなにをしていただろうか。ただ、批判と妨害をしてきただけじゃないか。そしてそのやつらの実態は明らかでない。いったいなんのためにそんなことをしているのか、誰のためにはたらいているのかもわからない。なにかの陰謀か、とも思えるし、むっちゃ、シンプルな既得権益の擁護とも思える。とにかく、そんな奴らがムチャクチャできるのも僕が目なし代官だからだ。バカだな。だからこそできることがあるのに。ははは。僕はもうバカらしくなった。まあ、幸いにして在任中に蓄財した私財があり、それを運用すれば死ぬまで食っていける。子は子で勝手になんとかするだろう。じゃあもう僕はバカらしいから大小を捨てて町人になろう。僕のこの眼力とコネを利用したらまあ間違いなく大商人になりますよ。あたりまえのはなしやけど。って、ははは、なんで急に大阪弁？　まあいいやね。しかし、いま僕が急に辞めたら郡内はムチャクチャになるだろうね。ザマアミロ。おまえらが望んだことだよ」

そう思って目なし代官は辞任して町人になる。

ところがおまえ、権力の座から降りた途端、露骨な妨害、意味のわからない中傷にさらされ、ネットでも叩かれて、また、巨額の脱税も摘発され、目なし代官はゲルピンになり、門付け芸人に身を落とす。

三味線を抱えて自分の哀れな身の上を歌って歩き、小銭を貰う乞食になってしまったのである。

当初は自らの身の上を嘆き、自分をこんな立場に追い込んだ奴らを恨んでいた代官であったが、芸人稼業を続けるうち、持ち前の楽天的な性質に救われてそれはそれで楽しくなってきたというか身に合って、一栄一落また楽し、幸か不幸かションガイナ、敵対勢力ハルマゲドン、鮎の季節の雨のアレ。ずっぽんずぽぽほズッポンポン。ジュッポンジュポポポホジュッポンポン。などと歌って楽しく暮らした。人々は彼のことを代官の大夫さんと呼んだ。ところが。

そうやって歌を歌っているうちにおかしなことが起こり始めた。

初めて異変が起きたのは彼が荒れ野で歌っているときだった。そこは作物が育たないばかりか、草木が一本も生えない荒れ野だった。その荒れ野で彼は、松の木節、という歌を歌った。五月雨式の松の木は。文武両道恋しぐれ。草木も生えぬ荒れ野にも。ヤットサイサイ。歌声すれば。松の緑の管ぼんち。あっという間に松林。あっという間に松林。チンチクリンの喜びの。声ぞすなるは松林。声ぞすなるは松林。

そんな歌だった。

したところ、いったいどういうことだろうか。こんなことを科学はどうやって説明するのだろうか。荒れ野が一瞬にして緑豊かな松林となったのである。そして松林には六百人のチンチクリンがどこからともなく現れ、歓喜の声をあげていた。

つまり目なし代官が歌に歌ったことが、そのまま現実世界に反映されたのである。

こんなことが何度か繰り返され、目なし代官は自らの強大なパワーを自覚するにいたった。

さて一方、その頃、郡内の政治・経済は目なし代官が予測したとおり、無茶苦茶なことになっていた。目なし代官は自らの強大なパワーを生かし、これに再度、コミットしていく。さて、目なし代官はどのようにコミットしたのだろうか。反目なし代官勢力は駆逐されるのか。民衆は救われるのか。果たして人々の運命やいかに。

余はそんな筋立てを考えついた。そして思った。

いける。売れる。

と。ここにエロの要素を盛り込めば三万部は堅い。とも。

まあ、それはこれを実際に書いたらの話だが。狗井の言うとおり私はこれを書くすべをいまは持たない。それをも包含した生の肯定とはなにか。その問いを上空にまき散らすべきなのだな。そしてそれが地上に降るとき余の生の肯定が成就する。

そんなことを黙想していると、突如として馥郁《ふくいく》たる香り、こはなんぞ。間違いないコーヒーの香りである。なぜ突如としてコーヒーの香りが、と訝っていると、「コーヒーをどうぞ」と言う美人の声がして、余はすべてを了解した。

どういうことか。新幹線の一等に乗ると、美人とは限らぬが女の人が紙の絞りを持ってきてくれるが、あれと同じで、スーパービュー踊り子号の一等にはコーヒーのサービスがあるのであろう。

しかし、余の顔を見て、キャッ、と声を上げた美人がなぜ余裕綽々《しゃくしゃく》でコーヒーを運んできたのだろうか。

それは、一時は驚いて逃げたが、スーパービュー踊り子号に乗務する者として、お客様にそんな態度をとってはならない、と反省して、覚悟のほどを決めコーヒーを持ってきたのだろう。或いは美人はクシャトリア階級の出身なのかも知れない。とまれ。コーヒーを持ってきてくれたのはありがたいことだ。

「や、ご苦労じゃったのう」

余も余裕をもって礼を言い、コーヒーを受け取った。

ああ、いい香りだ。余は貧乏で、きりつめた生活をしているがコーヒーだけは極上の豆を取り寄せている。いまはやっていないが、場合によっては自家焙煎も辞さぬ覚悟も持っている。そんな余がいい香りだと思うのだから、よほど豆を厳選しているのだろう。抽出にも気を配っているのだろう。こんな揺れる列車のなかでゆかしいことだ。さすがはスーパービュー踊り子号だ。しかし問題は味だ。いくら香りがよくても味が不味だったら意味がない。

高校に吉田味文《あじふみ》という歴史の先生がいたが、その先生の授業は教科書を棒読みに読みあげるだけのでたらめな授業だった。

目が焼けぬように片眼は取り出して、首のところに垂れ下げ、片眼は左の頬に含み、右の口がちにコーヒーを含んで味わった。そして余は呻《うめ》いた。

「なんだこれは。うまいじゃないか」

そう。激烈にうまかったのである。そのうまさはまるで頭のなかでボリビア全土が爆発したようなうまさだった。しかし、余は当惑した。

そりゃあそうだ。なんだかんだ言ったたって所詮は紙カップに入った無料サービスのコーヒーである。うまいといってもそれなりのものだと思っていた。ところが。そんなものではなかった。それは余が厳選して常飲しているコーヒーよりも遥かにうまかったのである。

そのとき恐るべきは、やはりスーパービュー踊り子号の底の知れなさであろう。

おまえはどこまでやるのだ。どこまでいくのだ。スーパービュー踊り子号よ。

そんなことを余は思って当惑したのだが、それにつけても味というものはおそろしいものだ。コーヒーの味はその当惑とは別に余に目眩《めまい》のような愉悦をもたらしてもいた。

そのことに気がついた余は直ちに考えを切り替えた。

もちろん、生を肯定する意志に基づいて、当惑を捨て愉悦のみを味わうことにしたのである。

「おほほ。うまいなあ。左目は暗黒世界に有り。右目は僅かに揺れながら色彩世界にある。いま舌の上に広がる味を余は味わって満足だ。ネガティヴな要素はなにもない。ゆったりとした気分だな。実にゆったりとした気分だな」

そんなことを余は呟いていた。そのとき。

人間の精神が身体に及ぼす影響というものは凄いものだなあ、とつくづく思う、そんな風にゆったりとした気分、リラックスした気分になったとき、余の眼力が先ほどとは逆の方面に働き、目それ自体が独立した生き物のように動き出した。

まず最初に動いたのは口のなかにあった左目で、これが眼力によって顔の内側をズイズイ動いて、左の眼窩《がんか》にスポッという感じでスポッと嵌まった。次いで右の、首のところに垂れ下げておいた右の目が、シュルシュルシュルと、まるで掃除機の電源コードのような感じで、口のなかに吸い込まれて顔の裏側を通って、右の眼窩にスポッと嵌まった。

それまでとは違った所定の位置から見る世界が新鮮だった。

あたりまえだった風景、あたりまえだった景色を見て、あ、世の中って、景色って、こんなだったんだ、と思った。そして同時に懐かしくもあった。そのとき余は眼力の意義を初めて悟った。

そう。眼力とは、もちろん当初、考察したように単なる鑑賞眼ではないが、これまで余が思っていたような、眼そのものの力で内側にグングン潜り込んでいく力でもない。

というと少し違うかな。もちろんそれらを眼力と呼んで間違いではないのだが、それらは眼力の一部に過ぎないのであって、眼力とはそれらを包摂・包含した、もっと大きな、というと違うな、往還を同時同所にてなすパワーによって過去と未来をこの瞬間という一所に凝集して理解する力。理解するだけではなくて感じ味わう力、なのである。

なので眼力がある人は評論しない。馬鹿らしくてできない。学問もしない。学問の厳密性の拠って立つところが眼力と無関係だからだ。

眼力とは生きる姿勢だ。誰もが余のような眼力を持つ訳ではない。しかし、それは文字と歴史を持つ人類の宿命である。

あらゆる人は眼力を志向する。

ごらん、あそこに居る人々も。

そう思って車室の前方の人々を見た。そう。余は美人に圧倒されて車室のなかをちゃんと見ておらなかった。ははは。それで眼力があると思っていた。笑い草、である。しかし、多くの者はその地点にすら到達せず、所定の位置に目を光らせてなにもみていない。みているのは愚にもつかぬスポーツ競技と小娘の踊りだ。

そういう意味においても、眼力の往還を成し遂げた余というのはやはり凄い存在なのだろうということが純客観的に理解できる。

と思ういま、余は、だんだんと以前の余が余の内部のなかの方の真ン中のセンターあたりに蘇ってきたのを感じる。

それは鋤焼《すきやき》が煮えてきて、おい、そろそろいけるぞ、と誰かが言ってる。みたいな感じである。

しかしそれは以前とまったく同じではない。

夢破れたそのうえで生を肯定せんとして眼力を往還させて生きる姿勢としての眼力の往還を

なしたいま、それは以前の超然ではない。

ではそれはなにか。

余はそれを、自然、であると思う。

それは世に言う、自然体、などという浅薄《せんぱく》なものではない。

余はここに宣言する。

余は、自然、である。

余は、自然、としてこの世に存在する。

余は、雨や風や海や山と同じものである。

ははは。往還する眼力でスーパービュー踊り子号車内の風景を眺める余は、あはははははははは、自然であったのだ。

11

自分自身が自然である。ということ。そがどれだけ凄いことか一般の人はピンとこないだろう。しかしそれは自然ということを思ってみれば自然にわかることである。

例えば。人がいきなり人を殴ったらどうなるだろうか。

それは言われもない暴力ということになる。しかし、余が人を殴ってもそうはならない。なぜなら余が自然だからで、余が自然である以上、それは暴力ではなく自然災害だからである。また、海や山を法で裁けぬのと同じように余を法によって裁くことはできない。もちろん国家は余を逮捕したり監禁したりすることはできるだろう。しかし、それは治山治水といった行政と同じことで、自然そのもの、すなわち余そのものを法によって裁くことではない。

ということは、余は自由である、ということなのだろうか。違う。なぜなら、余は自然で、自然に自由も不自由もなく、ただ現象として在るだけだからである。

したがって余は余がなしたことを人間がどう思おうと頓着しない。する必要がない。

余の生は自然の生であり、余の死は自然の死である。

肯定も否定もない。人間はただただ余の存在を追認するしかない。

はははははははは。おもしろきことだ。

そう思いながら余は車室の様子を、往還ということをした目の力で確かに見た。そうだ。人間は気がついていないかも知れないが自然は人間を見ている。確かに見ている。登山をする人が、ひとりで山道を歩いていると誰かに見られているような気がする、というが、気がするのではない。実際に自然が見ているのだ。

自然である余が言うのだから間違いがない。

じゃあ、都会ではそんなことはないかというと、そんなことはない。人工的な都市空間などというが、自然である余からすれば笑止千万な話だ。

じゃあ聞くが自然のまったくない、無の中に都市はあるのか。そんなわけはあるまい。土地があって空があって、板で覆われているが川の流れがあって、草木があるという、その土台があって初めて人間は都市を建設できるのであって、なにもない空中に人間は都市を建築できない。

いやさ、その空中にさえ空気というものがある。

したがって都市においても自然は人間を見ている。それもかなり、いやーな目つきで。だから人間はもっと自然に見られている、ということを意識した方がよい。メシを食っているときも人と談笑しているときも囲碁をしているときもシャンプーの詰め替えボトルに詰め替えているときも充電をしているときも人を呪っているときもろうそくを吹き消しているときも投票をしているときも運転をしているときも席が空いたら絶対に座ってやろうと思っているときも、常に常に常に、自然という存在に見られているということを強く強く強く意識しなければならない。

というと、「そんなことをしたら発狂しちゃうじゃないですかあ」と文句を言う人があるだろう。

当たり前だ。発狂する。しかし、その発狂なしに生の肯定はできない。というか、発狂もしないでただ単に、生の肯定をしている中年〜初老のおっさんがいるが、余は言う。それは生の肯定に見えて生の肯定ではない。それは、単なる醜悪な、おっさんの自慢、である。だから人間は、こうした発狂を経ないで、自分の家の鍋がいかに優れているか、なんてことを自慢してはならないのだ。

しかし、迂闊にも自慢している親爺は世の中に多い。

そういう人がどうなるか。恐ろしいことだが、そういうことを続けていると、耳や陰茎がボロボロになってとれてしまう。そうなってしまうのは勿論、自然の意志によってだ。

しかしまあ、自然というものが自然にある以上、これをきちっと意識できるのはごく一部だ。現に余が見た車室のなかの家族もそうだった。

自然である余の視線をまったく意識していなかった。

実は車室の客は余とその一類のみであった。一類がどんなだったかを書いてみようか。自然である余が書くのだからこれこそが自然主義文学、いやさ、自然文学である。

しかし、意外の一類であった。というのはこの列車は高級列車スーパービュー踊り子号であり、そのなかでもこの車室はより高級な一等車である。ということは車室の客はいずれも貴顕紳士であるはずなのだが、車室の一番前のあたりに陣取ったこの一類、とてもそのようには見えなかった。

父母とその子とその夫、その子の子三名、合計七名なのだけれども、その風俗からしてこの高級列車にふさわしくなく、その子の子からみれば祖父母はいまだ若く、五十に至らぬように見えた。夫はでっぷりと太って白っぽい上っ張りのようなものを着ており上体が樽のように膨らんでいた。薄くなりかけた髪の毛を白金色に染めていた。銀の装身具を身につけていて、目が死魚のように淀んでいた。その妻は汚れたジャアジイ地の衣服を着用していた。その子は二十代のでっぷりと太った女で髪を栗色に染め、突っ張ったようなティーシャーツを着て丈の短いｓｋｉｒｔを穿いていた。その若い夫は土人の歌うたいのようであった。その子の子はひとりは生意気そうな女児、ひとりは愚鈍だが粗暴な感じの男児、ひとりは乳児であった。

一類の男たちは通路に足をひらげ、部族長のように悠々として動かず、宙を見て顔も動かさないまま、話し、飲み、食いしていた。一類の女たちはなんの用があるのか席を入れ替わった。この子らも立ったり座ったり、背もたれを乗り越えて移動したり、通路に座り込んだり寝そべったりしていた。一類の周囲に手荷物が山のようであった。

余は、おそらく一類は脇を通る者を刺すような視線で見るだろうと思っていた。

さっき余が車室に入ってきたとき、一類はいっせいにこちらをみて明らかに不愉快そうな表情を浮かべた。そのとき父の子の夫は露骨に顔を顰《しか》め、聞こえよがしの舌打ちをした。余はそのサウンドを明確に聴いた。チッ。という音響であった。

通常では考えられない反応だがその心中を推し量ってみると、つまり、余が乗車するまでその車室には自分たちの眷属《けんぞく》以外の人はたれもおらなかった。なので自分たちは家族水入らずで一家団欒することができた。男連中はステテコ姿で寛《くつろ》ぐこともできたし、女が乳をほり出して授乳をすることもできた。ところがこの不粋な闖入者によってそれが台無しになってしまった。

なんという間抜けなのだろうか。こんなところにノコノコ入ってくるなんて！　ということなのだろう。

しかしそれは門違いだ。

なぜなら余が自然であり、自然に逆らっての一家団欒やレジャーはあり得ないからだからだ。もちろん多くの良識ある市民はそのことを知っている。だから暴風雨のなかピクニックに出掛けたり、高潮警報が出ているときに海水浴に行くことはない。

しかし、なかには無茶な者もいる。

大雨が降って河川が増水するかも知れないと言われているのに、川の中州でバーベキューをし、親切な人が、「危ないからよしなさい」と言っているのに、「うるさい」「ほっといてくれ」などと悪態をつき、最後はヘリコプターで吊り上げられたりしている。

自然を舐めているからそんなことになるのだ。さっきも言ったように、自然はそうした輩を凝《じっ》と見ている。そして。ふへはほほほほ。鉄槌を下す。

この場合だってそうだ。

自然に対してあんな態度をとっていたらそりゃあ偉いことになる。

そう思いつつ余は立ち上がった。

勿論、自然の鉄槌を下すためである。

とつぜん怒鳴りつける、雷、にしようかな。それともいきなり頭を殴る、地割れ、にしようかな。それとも脇に立っていきなりジャアジャア小便を始める、鉄砲水、にしようかな。それともいっそ土砂崩れ。いやあれは強烈すぎるか。やはり最初は、天保水滸伝・平手造酒《みき》の最期を語る、金環日食、あたりで脅かすのいいか。しかし、あれはあれでけっこうしんどいから、一発ギャグの、蜃気楼、あたりで様子を見るかな。

なんて思案の定まらぬまま、自然を恐れぬ一類の方へ歩を進めたそのとき、後ろから余の肩にそっと手を置くものがあった。

余は自然である。ということは余の肩に手を置くということは自然に手を置くのも同然。なんたら大胆不敵な。そう思って振り返ると男が立っていた。

黒縁眼鏡を掛けた細目の、鯖色のスーツを着た優しげな中年男であった。

春雨でも降らせてやろうか。

そう思って男の顔を見る余に男は言った。

「およしなさい」

男の声はけっして威圧的ではなく、どちらかというと優しい声であったが有無を言わせぬ力のようなものがあった。余は、こやつ何者？　と訝ったが、しかし自然である余が人間の地位や立場を斟酌する必要はまったくない。余は淡々と言った。

「手を退けなさい。さもないとどえらいことになる。人間は余の肩に手を掛けられないことになっているから」

「ええ、ええ、わかってます、わかってます」

「人間になにがわかるというのだ」

「いやだからね、あの家族に自然の鉄槌を下すのはおよしなさい。とこう言っているのですよ。もちろん自然が人間に鉄槌を下すのに遠慮会釈があろう訳がありません。がんがんやればおよろしいのです。およろしいのですが、人間というのは、さっきあなた様がご考察あさばされたように、これに抵抗ということをすることがありますからね。自然がせっかく津波を起こしているのに防潮堤を作ったりね、そういうことをするでしょう。今般もそうですよ。あなたが鉄砲水とかをやってやっても向こうは必ず小賢しい抵抗をしますよ。憤激して殴りかかってきたり、とかね。もちろん自然が滅びることはなく、人類の方が先に滅びるに決まっていますが、それには時間がかかります。そんなものはまあ自然からすれば一瞬のことにすぎませんが、たとえ一瞬でも小賢しい抵抗に遭うのは片腹痛いじゃありませんか。もちろん人間の方がよほど不遜な振る舞いに及べばそうしたことも必要でしょうが、いまはそこまでする必要はないんじゃないですか」

余は驚いていた。この男は余の思考からなにから。すべてを知っている。余は呻くように言った。

「き、君は誰だっ」

「申し遅れました。脳内参議院議員の狗井真一です」

「ああ、狗井さん、さきほどはありがとうございました」

「いやいや、それよりさっきは無礼な口をきいて申し訳ありませんでした。なにしろあなたが人間から自然に飛躍している勘所の入り口の肛門にありましたから、ああいうアナルファックな口吻になってしまいました。けれどもこうして自然になった以上、私も脳内には居りましたが別の自然としてあなたの前にこうして爽やかにあらわれることができました。これから暫くの間はふたつの自然として、また、この眼前に広がる自然の根源であると同時に一部であるものとして根初の道中をふたりでいたして参りましょう」

　狗井はそういって私の隣に座り、

「まず、目ぇ交換をしておきましょう。コーヒーはまだありますか」

と言った。

「もうありません」

「そうかじゃあ、ああ、いまたまたま都合よく通りかかった美人の君。コーヒーを呉れたまえ。ああ、ちょうど持って居ったのか。そうそう、ふたつふたつ、ふたりいるでな、ふたつ。佐藤富ルク?、ああ、イランイラン。弥勒土佐唐だったら貰うが。いやいやいやいやいやいや、いいんだいいんだ。冗談だ。早く行ってくれ。早く、行け。そんなおかしなものを見るような目で私たちを見てはいかん。さ、コーヒーをここに置いて。じゃあ始めましょう」

「なにを始めるんだよ」

「目ぇ交換ですよ」

「名刺交換？」

「違います。目ぇ交換です。じゃあ、いきますよ。ひのふのみっつうっ」

と言った瞬間、狗井の黒縁眼鏡の向こう側の目の玉がなくなった。と、思ったら狗井の口から目が飛び出した。狗井はこれを両手で持ち、私の目に近づけると、

「さあ、早くしてください」

と言った。

間違いない。狗井は眼力をやったのだ。ということは狗井は余にも眼力をやれといっているのだろうか。そう思うとき余は不思議と男の言うように眼力をやるきになった。それは。しょうがないじゃあ、やってみるか。というのではなく、ごく自然にこれをやる感じ。つまりは海面温度が上昇して気流が生じるといった自然現象のような感じであった。

グン。目がめり込むのとほぼ同時に、口から出た。

慣れ、というのであろうか。さっきより随分とスムーズだったな。

そう思う間もなかった。

狗井が私の開いた眼窩に、ズボッ、と自分の目を突き刺してきた。なるほど、これが目ぇ交換か。交換という以上は、余の目は狗井の目に突き刺すのだな。と、これも思考がまるで自然現象になったように思い、狗井の開いた眼窩に、ズボッ、と余の目を突き刺した。

すると余が春風の中に立っていた。

いやさ余は春風そのものであった。

余の手足や脳髄、そして陰茎やなんかもすべてが春風であった。だから余はじっとしていない。常に吹いていた。その力と実体のふたつともが余であり、またそのふたつを串刺しにする思念の串としてもまた余はあった。

その春風の吹く先にセキスイハイムのような家があった。石貼り調のパネルがいかしてた。そのとき鉄砲水がその家に押し寄せてきた。

自然の前で人間の家など脆いものだ。基礎コンクリートに堅結されているはずの家はあっけなく濁流に押し流され、やがてへしゃげて消えた。

女の悲鳴と男の怒号。稲妻とサイレンが闇に響いていた。

保険会社のコマーシャルが流れた後、画面が切り替わった。

モダーンでルーナティックな列車内であった。

洒落た内装パネルに血が飛び散っている。律動的に血が飛び散っている。ぴっ、ぴっ、ぴっ、と飛び散っている。

ドスン。音がして床に転がったのは余であった。下半身が丸出しであった。その余にふたりの男が殴る蹴るの暴力を加えていた。自然がみるみる破壊されていった。

そしてまた画面が切り替わった。

大きな庇《ひさし》の張り出した石貼りの車寄せに一台の黒塗りの自動車が停まった。玄関の前には大勢のカメラや照明やマイクを持った者が蝟集《いしゆう》していた。自動車の後部座席からひとりの男が出てきた。脳内参議院議員・狗井真一閣下であった。

大勢の者が一斉にマイクを向け、同じようなことを言った。

「一言。狗井先生、ひとことお願いします」

狗井は立ち止まって言った。

「アッという間に松林。アッという間に松林。アッ」

と、そのとき、石畳を突き破って樹齢四、五百年の松が千本、どっかーん、いきなり生えて、多くの者が松に突き上げられた後、数十メートルを落下した。ちぎれた手足や剝き出しの脳が割れた地面に散乱した。

画面が切り替わった。

ドーム球場に小人が三十万人集まっていた。小人はみな歓喜していた。真っ赤な顔で汗みずくで飲み、食い、踊っていた。中央には、巨大な肉の塊があった。グン、と画面が縮小した。通常の背丈のふたりの男が小声で話していた。「まずいよ。このままだとまずいよ」「だったらどうするよ」「どうしようもないよね。あーあ、いっそこの瞬間、大地震でも起こってくれるといいんだけど」と言う男の足元に、神聖な人の死骸があった。その死骸、小刻みに揺れ始めていて。

自然に暴力を加えた小人が自然をドームで覆い春風を遮《さえぎ》って不自然な気圧のなかでふしだらな宴会を催していること。その費用を賄うため人間のなかで自然に最も近い聖人を殺害するなどしたこと。

人間にとっては大罪であるが、自然にとってはそんなことすら自然の一部に過ぎない。人工的な気圧の変動によって春風からただの風と化した余はそんなことを思っていた。

この通常の背丈の男たちは恐らく狗井の脳内自然のなかの脳内世界で指導者的立場にあり、思い上がった小人たちの体たらく、とそれに繋がる自分の悪業、具体的には神聖な人を殺害して辻褄を合わせたこと。そして来年の人々の命を入質して金を工面して支払いをしたことを狗井真一に知られるのを恐れていた。

それは結果的には小人のためなのだけれども、あんな風な愉楽を小人に教えたのは自分たちで、そもそも小人はあんな悪徳に染まらず楽しく生きていたのであり、つまりすべては自分たちが自分たちのためにやったことということになる。

だから男たちは、いっそ地震でも起こらないか、と思っていた。

地震が起きてすべてが破壊されれば、「すべては地震によって滅亡したのですよ。なにも自分たちのせいではありません」と抗弁、狗井の譴責《けんせき》を免れると思っているのだ。

　これが愚かな考えなのはいうまでもない。なぜならさっきの鉄砲水もそうだが、自然はそんな誰が悪いとか、誰のせい、とかをまったく考えていないからで、天譴《てんけん》、などというのは完全に人間の考えによるものだからである。

　そして狗井は、というと、ここは確かに狗井の脳内なので、狗井が自然であるように思うかも知れないが、思い出しても欲しい。狗井は、狗井真一は元々、どこに居たのだろうか。然り。余の脳の中に居た。

　ということは狗井は脳内参議院議員という立場であるゆえに一定の自律性を有し、仮の自分の脳内世界を所有しており、その運営は定員一名の参議院の議論を経てなされるものであるが、それはあくまで制度や仕組みの問題のみを取り扱うのであり、自然にまで影響を及ぼすことはない。

　ということはつまりは。はははははは。狗井真一脳内の自然現象などというのは、結局のところ、余の考えひとつで決まるのだ。

　あはははははははは。あほほほほほ。

　余は本当に凄い男になってしまったのだなあ。

　脳内とはいえ、ひとりの参議院議員を目の中より現出せしめ、その脳内世界の自然そのものであるのだからなあ。

と言うことは、しかしだから考えひとつで決まるということではないな。確かにさっきの鉄砲水も別に余が鉄砲水でセキスイハイムを押し流そうと思ってやったことではない。ただ唐突に鉄砲水が押し流れてきた。

いまだってそうだ。地面に横たわった聖人の死骸が小刻みに、いや、いまや大きく揺れ始めているが、なにも余が地震を起こそうとした訳ではなく、地面が勝手に揺れ始めた。だったら余とは無関係ではないのではないか。

そう思うこと自体が人間の浅はかさで、つまり余がどうこうして地震を起こすのではなくして、余が地震なのである。或いは、地震が余なのである。

或いは地震によって揺れている地面が余であり、つまり地震の現象のなかで倒壊するものと倒壊させるものに分けた場合、すべての倒壊させるものが余であり、倒壊するものが人間とその工作物なのである。

という訳で、狗井を畏《おそ》れて余を畏れない通常の背丈の男たちは余から見れば小人と同じくらいに愚かであった。

そこで余がなんらかの意志をもって余自身によって起きている現象に介入し、特定の誰かのために便宜を図ったとしたら。おほほ。人間はそれを神による奇跡と呼ぶのだし、呼んだのだろう。

そういうことがまったくないとは言えない。余はそういうことをやるつもりはいまのところないが、ご承知の通り、余は自然になってまだ日が浅いので場合によってはそういうことが必要になる局面があるかも知れないし、人間は文書にそういうことがあったと記している。

ただ、余はそれを疑っていないわけではない。というのはそらそうだ、自然の現象というものは自然の現象であり、自然自身がそれを改変するのはきわめて困難、というか面倒くさいからだ。

例えば地震ひとつとってみてもそうで、それはそこにいた人間がたまたま地震とみただけの話であって、そこから時間的にも空間的にもかけ離れたところで起きた、一億一兆の事柄が相互に掛け合わさった結果の現象であり、そこだけを人間の都合に合わせて修正するなんてことはできない、というより、ない。

そしてそういう組み合わせが一瞬ごとに起きているので、どうも、さっきも言ったが、人間はもの凄く簡単に、悪いから死ぬ、とか、善いから救われる、とか、考えるけれども自然の側から言えばそんなことはまったくなく、そういうことを考えるくらいなら、防波堤でも作った方が、まだマシだよ、と教えたくなる。教えないけど。

って訳で地震を希う男らは馬鹿なんだな。

と思っていたら言わぬことではない、ドームの床が突然に、本当に突然に、大きく裂けた。裂け目はそうさな、広いところで三メートル、狭いところでも一メートルはあり、長さもドームの外にまで続いてどこまであるのかわからなかった。

多くの小人が裂け目に飲み込まれていったが、普通の背丈のふたりの男は真っ先に飲み込まれた。地震が起きれば責任を免れると思っていた男たちが地震によってできた地割れに真っ先に飲み込まれて命を落とす。なんとも皮肉な話である。

或いは彼らにとって、責任を追及される／責任をとる、ということは死ぬよりも辛いことなのだろうか。

裂け目はドンドン広がり、また距離も伸びているようだった。そして裂け目の両側の地面が裂け目に向かって傾き始めていた。傾きは次第に甚だしくなり、ついには垂直に切り立った崖のようになった。

ぼん。ぐわらぐわらぐわっしゃん。ぼーほほほほほほ、ぼーほほほほほほ。

そんな音がしてドーム球場が壊れ、瓦礫となって裂け目に飲みこまれた。ドームが壊れると同時に、外から折れたビルや自動車、電柱、汚水、人民、肉、米などが一斉に裂け目に流れ込んできた。

じーん。という音が鳴っていた。どうやら余の頭のなかで鳴っているようで同時に頭が割れるように痛くなった。嘔吐感がこみあげてどうにも堪らなかった。

吐くかも。でも誰が？　どこへ？

そう思ったとき、防災無線の屋外スピーカーから狗井真一の声が聞こえてきた。無線は言った。

「目を戻してください」「目を戻してください」

二度、聴いて嘔吐した。

嘔吐すると同時に目が戻った。

壊滅した脳内世界にコーヒーの雨が降っていた。

次の瞬の間、余は座ったままの姿勢でもの凄い速度で移動していた。余は稍前屈みになって口に手を当てていた。指と指の間から茶色い粘汁が漏れていた。

余は自分が自然であることを一瞬忘れ、自分の衣服はともかくとしてシートを汚してしまっては申し訳ないし、美人に対して恥ずかしい、と焦った。

ところがドロドロした粘汁は止め処《ど》なく出てきて、胸から腹にかけて垂れ流れ、シートと床を汚した。

なんたる不覚。

後悔の臍《ほぞ》を噛みながらしかし不審だったのは、この吐瀉物の量だった。こんなに吐くほど余は食べただろうか。この吐瀉物の本然はそもなんぞ。

そう思って吐瀉物の内容を見ると、なんということだろうか、茶色い粘汁にまみれているのは先ほど地面の裂け目に飲み込まれた男どもや小人、倒壊したビルや自動車などであった。しかもそれらがすべて米粒ほどのサイズに矮小化され、瓦礫やなんかは通常の吐瀉物に見えなくもないが、人間や小人はまるで虫のようであった。しかもそれらの多くはまだ生きていてビクビク動いている。

これを件の美人が見たらなんと思うだろうか。きもっ。と思うに違いない。こんなものを吐くのはキチガイに決まっている、と思われるに決まっている。

それでも汚らしい吐瀉がとまらず、膝から下が茶色い粘汁で溢れた。ああ、どうしよう。吐瀉がとまらない。

苦しんでいると不可思議なる現象が起きた。床に丸く溜まった茶色い粘汁が、どういう訳か、まるで白銀のように白く輝いているのだ。人間や小人も白く発光している。ええ。なんでだ。あんな汚らしかった粘汁がこんなに美しく輝くなんてどういうことだ。そう思っていま現在、口より垂れ流れている瓦礫と粘汁を手に掬ってみると、これもまるで白銀のように白く輝いている。

いったいどういうことなのだ。訝る気持ち半分。穢《きたな》いものが美しくなって嬉しい気持ち半分で余はこれを見ていた。

したところ、その白い光が床から、ゆらっ、と立ち昇って、余の膝から下が真白な光に包まれ、床から膝の下にかけて靄か霧に包まれたように真白になって見えなくなった。

この現実を参院の狗井氏あたりはどう分析しているのだろうか。案外、なにも考えてなかったりして。そんなことを思った余は隣で変妙な顔をしてコーヒーを啜っている狗井に尋ねてみた。

「狗井君。君はそんな太平楽な顔でコーヒーを啜っているがねぇ。ちょっとは余の身にもなってくれたまえよ。君の意見に従って目ぇ交換をしたらこの体たらく。さっきから君の脳の地割れに飲み込まれたものが嘔吐として噴き出てとまらないし、そのうえ、ご覧なね、その嘔吐の粘汁がこんな白銀みたいなことになってしまって、膝から下が、余だけじゃない、君の膝から下のあたりまで見えなくなってしまっているんだけれどもね、まあ、美しいことなんだがね。君はこれをどういう風に分析しているのか。ちょいと御高説を伺いたいんですがねぇ」

　嫌味たっぷりに言ったのだが、さすがは参議院で鍛えられた男だけのことはあるのだろうか。狗井はまったく動ぜずに言った。

「ははははは。これこそが。ですな。それは私のつまりあなたの外部化した脳内からの外出物でしょう。アッという間に松林でしょう。いやさ、言うまい。けれどもそれがこの列車内に権現することの意味を考えたらわかるでしょう。忘れてはいませんか。あなたは見苦しい吐瀉のことで美人にどう思われるかなンど気にしておられましたが、あなたは、自然、なのですよ。吐瀉は山体崩壊と同程度に畏怖されこそすれ、軽侮されるなんてもっての他です。また、僕の分析によれば、この現象ねぇ、これ非常に興味深いんだなあ。つまりこれって目ぇ交換の最中に脳内世界で起こったことでしょ。それが現実世界に逆流している、嘔吐されている、ってことはこれ、なんの宇宙論なんでしょうね。少なくとも自然現象でないことだけは確かで、つまり儂、さっきこれこそが、って言ったでしょう。つまりこれって、自然によって起こった超自然現象なんですわな。だからね、わっち、さっきから自分の足を触ろうとしているんですけれどもね、これが、ないんです。あなたはどうですか。あなたの足もないんじゃないですか」

足がない？　はあ？　なにを言っとるんだこの男は。幽霊かっ、つの。

そう思って白い靄のなかに手を突き込んで足を触ってみた。

足がなかった。いったいどういうことなのだ。

つまりはこれが狗井の言う、超自然、なのか。それを自然である余が巻き起こしているのか。驚き呆れるうちにも吐瀉がとまらない。というより、いよいよいみじうなりて、白い靄は嵩を増し、いまや腹のところまで靄が来ており、触れてみると腹もない。そして気がつくと、さっきまではなはだ汚らしい粘汁で、床に落ちて初めて白銀みたような光になっていた吐瀉物が、最初から光であった。余は口から夥しい光を垂れ流していた。

あっ。という間に光が車輛に満ちて、余の全身がなくなった。というか、車輛のすべてがなくなった。隣の狗井君がどうなったかと手を伸ばしてみると狗井君がなくなっていた。

前のシートがなくなっていたし、余が座っていたシートも肘掛けも、窓も床もなくなっていた。手を伸ばして確かめることはできなかったが、前の方の席の一類もなくなっているに違いなかった。

しかし疾走感は確《しか》と残っていた。余はこんなことになってしまった責任は狗井君にあるのではないか、という考えに取り憑かれ、なくなった狗井君に語りかけた。

「狗井君。君はどこに行ってしまったのだ。どこに消えてしまったのだ。これはどうしたことだ。余はなぜなくなってしまったのだ。すべてはなぜ白い光のなかに消えてしまったのでしょうか。これから世界はどうなるのでしょうか。余の魂はこの後、どうなるのでしょうか。魂もまた消えてしまうのでしょうか。こうしてあなたに語りかけている余は本当はもういないのでしょうか。教えてください。教えてください、狗井さん、余はなぜ自然になったのでしょうか。これが、こうして白い光のなかに消えてしまうのが、自然の本来の姿なのでしょうか。ならば、狗井さん、教えてください。この心配と不安はなんなのでしょうか。なぜ自然がこのような心配や不安を抱くのでしょうか。お教えください。狗井さん。どうか、余にお教えください」

と語りかけて余は驚いた。なぜなら光のなかに響く余の狗井への呼びかけがまるで祈りのようであったからである。

しかしいくら祈ってもなくなったものが答えるわけがない。

そう思っていると、ああ、なんということだろうか、白い光のなかに狗井の声があった。そう、声が聞こえたのではなく、声が、あった。声はこのようにあった。

「あはははははははははは。あほほほほほほほほほ。多大な、ご心配、ご不安な思いをさせたことについては心よりのお詫びを申し上げます。と言う際の、ことについては、という箇所に異様な気配を感じて生きてきたが、それももう終わったことですしね。だからもういいのでございますよ、私が先ほど、まだなくなる前に、これこそが。と言いかけたことを覚えておいでですか。ははは。簡単なことです。あなたが乗ってらっしゃったのはなんですか。その通り、ムーンライトながら。でございましょう。だったら簡単じゃないですか。この光こそが、ムーンライト、でございますよ。私どもは予定通りに月の光のなかに寂滅したのですよ。素晴らしきことです。日本の善哉です。日本の萬歳です」

どわおっ。余はまるで饅頭のように驚愕した。

この光はあの光であった。

そう。かつて（といってそれはついさっきのことなのだがもう随分と昔のことのように思える）余が推考した、すなわち、走行中に月光となりて一種のワープ航法のようなことをする、という、ムーンライトながら、の実相、は正鵠を射ていたのであった！

ということは余はどうなるのか。

月の光というのは自然に属するもの、つまりは余に属するものである。しかし、その現れ方は超自然的であった。反自然的ではなかったように思う。そしてそれは余の口腔より現出した。このことはどう解釈すればよいのだろうか。

「あはははは。あほほほほほほ」

光のなかにまた狗井の哄笑が響いた。

「さすがですねぇ、お宅様の推考は実に精確でしたよ。その通りです。ムーンライトと化した世界はほどなく実体化します。我々もまた実体化します」

なるほど。そうか。でもあれはどうなるのだろうか。

余は狗井君に問うた。

「それは、風雨。日照。といった自然としてですか。それとも元の人間に戻るのですか」

「いい質問です。あなたは人間として、というのはおかしいな。人間の形で実体化します。そういう意味ではあなたは人間に戻るのです。ただし、あなたは自然です。人間でありながら自然。尾瀬の景勝地とか富士山、或いは暴風雨とか、シマウマの群れ、黒潮、ヨセミテ渓谷やなんかと同じものなのです。そのことがなにを意味するのか。それはなかなか難しいので実地にやっていくしかないでしょう。さあ、そろそろ実体化するんじゃないですかね」

狗井がそういった次の瞬間、余はどうしたことだろう。まったく予想すらしなかった場所にいた。人間の形で。自然な感じで。

# 第五章　自然神

13

　平屋建ての木造駅舎の前に半円形の広場が広がっていた。というと人々は、ピーポーは、一体どんな広場を聯想《れんそう》するだろうか。向こうに尖塔が聳《そび》え、真ん中に噴水のある石畳の広場を聯想するだろうか。或いは、東京都港区赤坂一丁目にあるアークカラヤン広場のような現代的な広場を聯想するだろうか。

　そんなもんぢゃない、そんなもんぢゃない。広場はそんな広場とはまったく違っていて、まず、狭かった。駅舎を出てすぐのところに立って、向こうの正面道路が始まっているところまで、ほんの十メートルかそれくらいしかないのではないだろうか。そしてまた侘しかった。広場は舗装されて居らず土が剝き出しで、ところどころに石灰が撒いてあった。

　背の高い建物はひとつもなく、正面道路の両側に食堂とガラス戸の内側に白いカーテンの下がったなんだかわからない商店が一軒あるばかりだった。

駅舎の右には郵便局があった。おっそろしく旧い鉄製の郵便ポストが立っており、左側にはバス停があった。といって混凝土《コンクリート》の台座に据えた木製の標識が一本立っているきりだった。先端に丸い金属板が掲げてあったがペンキが剝落していて判読できなかった。

線路の木製の柵に沿ってずうっと、背の高い、そうさな、一・五メートルくらいはあるだろうか、赤茶けた雑草が生い茂っていた。風が吹いていた。侘しかった。

そんな広場を前に余と脳内参議院議員・狗井真一は風に吹かれて立っていた。

余は風を受け、この風を受けている余はいったい誰なのだろうか、と熟々《つくづく》思った。なぜなら、風もまた余であるからだ。余が余を受け、ああ余だと思っている。その思いとは、その思いの実体はそも奈辺にありやなしや。ほほほ、善哉善哉。まあ、一種の哲学なのだろう。いやさ、哲学を超えた言葉の内部に突如吹く一陣の風のようなもの。西陣織でも防げまい。それにつけても。余は狗井君に言った。

「ねぇ、狗井君」

「なんだい」

「ここはどこなんだろうねぇ。なんというところなんだろうねぇ」

「さあ、なんとしようかね」

「なんといいたそうとはどういうことかね」

「君も鈍い男だな。僕たちはいま光のなかにいるんだぜ。というか光の粒子そのものとなっているんだぜ。しかもその光たるや自分の嘔吐より輝いた光なんだぜ。まったくもってファッキン、ママOK？　じゃないか。となれば名前なんて自由自在に決まってるやんけじゃん」

「はああああ？　パードン？　余は光を経て実体化したんじゃないのか。あんたそう言ってたじゃないか」

「ああ、確かに言った。言ったよ。間違いない。ただ、いつ僕が現実のなかに実体化すると言った？」

「え？　じゃあ、ここは……」

「ははははは。その通り。いまだ光のなかって寸法さ」

「なんだ、そうなのか。そうだったのか。でもだったら余はいつ横浜に着くのかね。いつ芸術がみられるのかね」

「わかりませんね。いまこう言っている間にも着くかも知れないし、何十年後に着くのかも知れないし」

「そんなにかかったらワープ航法の意味ねぇじゃん」

「ははは。速いためのワープ航法じゃありませんよ。っていうか、まあ、速いのかも知れませんけどね。ただね、麻酔ってあるじゃないですか」

「あるねぇ」

「あれのお蔭で痛みを感じないで済むわけですけれども、痛みはそれでも存在するんですよ。僕らはその痛みのようなもののなかにいまいるんじゃないですかねぇ。でも考えてみれば人の一生もそんなものでね。時間とか関係ないですよ、ましてやあなたは自然じゃないですか。なおさらですよ」

「狗井君、いったい君は何者なんだ?」

「ははは。ただの参議院議員ですよ。ただし、脳内のね」

そう言って狗井君はことさらのすまし顔をした。

余はその顔をマジマジと眺めた。鼻の穴に剛毛が密生していた。

余は気を取り直して言った。

「じゃあ、なんということにしよう。人に名がないと落ち着かぬのと同じように当地にも地名がないと落ち着かないだろう」

「そうだな。では地名を決めよう。こくふかい、というのはどうですかな」

「こくふかい。ふうむ。いいね。どんな字をあてるのだい? どういった字を」

「国の府の、府というのは都道府県の府に、海で国府海というのはどうだ」

「ほほーん。なかなか善哉。けれどもどうだろう? 国府というのは国司のおるところだろう。こんな寂しいところを国府と言っていいのかな」

「いいに決まっている。律令なんて言うものは現象海とはなんの関係もないのだ」

たり雨が降ったりする。磯の香りを嗅いでそういうことのないようにしようじゃないか。

心のなかに割り木を持っていって、勇猛心と慈悲心を混ぜこぜして困惑心を叩きのめす。水が流れる。植物が芽生える。生命が生まれ死滅する。物質が回転しながら花笠音頭を絶唱する。闇と明るさ。虚無と横溢。割り箸で混ぜる。どんぶりのなかの米粒。余は米粒。ルルル。ワジャパー。わっぱ。数珠つなぎになって網走《あばしり》だよ。とターバン巻いて死の行進を。

「もし、もし、どこへ歩いて行くんです。目をつぶってロボコップのような足取りで。あなたはまるで三途《さんず》の川を渉る人のようですよ」

背後から狗井君に言われて気がついたが、余は広場を真っ直ぐ横断しようとしていた。余は慌てて誤魔化した。

「なに、君に言うのも後になったのも日本語の乱逆もすべては自然の現象だわさ。狗井君、あそこに食堂が見えるだろう。あしこに参って、どうだ、飯でも食わぬか。ふたりで。余は腹が減った」

「ああ、見えますね。あれは間違いない、食堂だ。ポン引きでもなければマルキューでもない。けれども異論があるな、ぼかあ」

「なんだと。殺されたいのか」

そう言いながら余は誤魔化すために言ったが本当に腹が減っていると感じていた。

別に殺されたかあ、ありませんがね、と狗井君がのんびりした口調で言った。

「あなたはもはや自然でしょう。腹が減ったとか言って食堂でご飯をあがらなくともよいでしょう」

「ああまあね。もちろんその通りだ。私はそれ自体が巨大なエネルギーで地球レベルにおいてすら自己完結的に循環しているからね。太陽も、っていうか宇宙のエネルギーそのものが余だからね。ただ、いまこの実体ね、この実体化においてはそういう演劇っていうと軽いけれども、祭祀のようなことをしておかないとね、この現実という仮初めの状態が変幻する。もちろん変幻したって余はいっこうに構わんし、余には意志も欲望もないからもちろんそうなるときはそうなるのだろうけれども、余がそう言ったということは、それが自然状態ということで、それを妨げること自体が無意味だとは思わんかね。吹く風に、いまは吹かない方がいいのでは？なんつっても意味ないのと同じで」

「こいつは一本取られましたな。じゃあ、さっきの慌てた誤魔化すような口振りも自然の風ということですよね」

「もちろんその通りじゃ。穏やかな風も激しい風もどちらも同じ風じゃ」

「おや、急に風が止みましたよ」

「そういう万物の組み合わせになったんでしょう。生きましょうよ」

「死んでませんね。じゃあ、生きましょう。食堂に生きましょう」

「生まれましょう」

「苦しみましょう」

「苦しみましょう」

「田舎の食堂のまずい飯を」

「苦しみましょう」

「西の旅、東の旅を」

「苦しみましょう」

「私たちは」

「苦しみましょう」

「光のなかで」

「苦しみましょう」

「生きましょう」

「死にましょう」

「なきなーさーい、わらいなさあああい、いつまでもいつまでも」

「苦しみましょうよ」

「げらげらげら」

「げらげらげら」

涙を流して余と狗井、食堂の前にやってきたぜ。暖簾《のれん》をくぐって、がらがらがら、引き戸を開けてなかに入れば予想した通りだ、混凝土の土間に安っぽいテーブルと椅子置いて、正面に壁あってメニュウ張り出し、くりぬき孔。出入り口穿って、その向こうは調理場になっている、造花あり、カレンダーあり、金銭登録機あり、絵画あり、音楽がない。入るなり、白衣着たおばんが、いらっしゃいませ、と言って、いまどきこんなんあんなんかいな、ここまでレトロやったらそれはむしろ珍重すべきではないのか、というような懐旧懐古的な食堂で、

「いやさ、僕らが子供の頃、家の近所にあったような」

と狗井はそんな独り言を言った。その独り言が余の脳みそに染み入った。時雨のように。岩おこしのように。

「いらっしゃいまし」

奥から白衣を着た老婆がよちよち出てきて言った。言ったばかりではない、老婆は銀盆を持っており、その銀盆のうえにあった水の入ったグラスと絞りを余と狗井の前に置いた。置いたばかりではなく、そのうえで言った。

「なにをさしあげましょうか」

つまりは註文を聞いているのだ。オーダーを取っているのだ。余は、さあ、ここが思案のしどころだ、と思った。それは、つまりもはや自明のことだが、この食堂はおそらくうまくない、というか、まず間違いなくまずい。もちろん自然となって初めての食事なので余の官能がどうなっておるか定かではないが、いまの感じで言うと普通の人間に近い官能が備わっているよう

な気がする。ということは先ほどは、苦しみましょうよ、と歌ってゲラゲラ笑ったが、あれはあくまでも一般の人類に向けての自然からの警告であり、余が苦しむという意味ではない。

余が苦しむということ、それは既にして自然破壊、環境破壊であり、善良な食堂の人がそんな愚行を演じるのを見るのはつらい。なぜなら環境を破壊、自然を破壊して苦しむのは当の本人だからである。

なのでそれを未然に防ぐために余は、まずいにしてもなるべくまずくないものを頼もうと思った。自然の破壊を最小限に止めようと思ったのだ。そして思っただけではつまらないので、余は眼鏡がずり落ちているのにも気がつかず、目を細め、口をアングリ開けて、壁のメニュウを見上げている狗井君に言った。

「狗井君。余はなるべくまずくないものを頼もうと思う」

狗井君はこちらを見ないで言った。

「ははは。あなたがもむないものを食べて苦しむということは自然が苦しむということ。それは彼らにとってよくないことだから、あなたは自分の苦しみをなるべく少なくするという表面的にはエゴイズムの発露と見える行為を敢えて為して結果的に彼らを救おうとしているのですね」

相変わらずできる男だ。あんな馬鹿面を晒《さら》しておきながらその実、余の意図を正確に見切っている。余は感心したが、それは言わずに言った。

「ハレルヤハレルヤハレルヤハレルヤハレルヤハレルヤハレルヤハレルヤ。そうだんにゃ。狗井君はなにを頼むのかね」

「さあ、そこなのですがねぇ。そう思って壁のメニュウを見ているのですがね。焼魚定食、酢豚定食、ハムX、というのはham & eggsのことでしょうね。唐揚定食、鰺タタキ定食、親子丼、肉野菜炒め定食、けんちんうどん、カレーライス、カツカレーライス、味噌ラーメン、ジャガバター、海鮮丼、ミックスサンドやなんかがありますが、あ、タンシチュー、なんてのもございますな。カツ丼、いやー、多いですなあ。品数多いですなあ。豚キムチ丼、伊勢海老造り、味噌汁、潮汁、川海苔と桜エビのパスタ、なんてのもありますし、アクアパッツァ、とか、パエリアもありますし、ピザもありますしね、牛の胃の煮込、ヤマシギのローストとか、ガレットとか、五平餅とか、もうムチャクチャですよ。どうしましょう」

「じゃあ、余は、あの、すみませーん。オーダーいいですか？　じゃ、余はぁ、あすこに書いてある、ヒナ鳥の膀胱包み煮ってできますか。できる。じゃあ、それをひとつと、ライス、と、それから、ああ、ギョーザ、もらいましょうか。狗井君、食べるでしょ、ギョーザ。じゃあ、ギョーザ二人前お願いします。それと、あの地元野菜を使ったポタージュってのと、あと、ビールください。あ、生、あるの？　あるんだって、狗井君。よかったね。君、生、好きじゃん。じゃ、中で。狗井君、君はどうする？　なに頼む？」

「苦しみを少なくするってわりには随分、頼みますね」

狗井君が老婆の前で平気でそんなことを言うので、これ、と余は小声で狗井君を窘《たしな》めたが狗井君は聞きゃあしないで、

「じゃ、僕も苦しみを少なくするために、とりあえず中生とぉ、鯵タタキの単品ってありますう？　あ、じゃあ、それと、肉豆腐ください。それと揚げ出し豆腐と煎り豆腐と豆腐チャンプルーと冷や奴と。以上で」

「かしこまりました」

一礼して老婆が去るのを見届けてから余は狗井君に言った。

「店の人の前で、苦しみ、とか言っちゃいかんだろ」

「いいんですよ。自然で。自然なんだから」

「それはそうには違いないが……」

そう言って狗井君に反論しようとしたとき、表の方から、甲高いブレーキ音と、それに続く、ぐわっしゃーん、という常ならぬ音が聞こえてきた。

「いまのはなんだ」

「見に行ってみましょう」

席を立って表に出たら、食堂の隣の不分明な柵のようなところに、旧い国産のスポーツカーが突っ込んでいた。

呆れてみているとクルマから若い男が降りてきてこちらに向かって歩いてきた。

崩れたようなストリート系の痩せて背の低い男とがっちりした体つきの背の高いスーツ姿の二人連れであった。

14

都会には人が多い。多くの人が出歩いている。なので、そのひとりびとりに注意が向くことはない。それに比して田舎は人が少ない。なので、そのひとりびとりに注意が向く。なので田舎で向こうから人が歩んできて、都会の心算《つもり》で挨拶もしないで通り過ぎたならば、後に不都合なことが起こる可能性がある。なぜならいまも言うように田舎の人はそのひとりびとりにもの凄く注意を払っているからで、いまの人は挨拶もしないで、それどころか目も合わせないで通り過ぎて行った。なぜそんなことをするのか。それは害意を抱いてこの聚落にやって来たからに違いない。よそから突然やってきて悪事を働く。おおっ、sit。なんという非道い奴なのだろうか。そんなことは、この新田の吾作が許さない。いまのうちにどつき回して目にアリキンチョールを噴霧して失明させよう。そうすれば悪事も働けまい。おおそうじゃ。と思う。余たちは旅行者だが、そして自然だが、このなんとも間抜けな交通事故を起こした若いふたりの男に声をかけなかった場合、この見るからに無知で粗暴な男たちが余たちに間違った敵意を抱き、私たちを害するようなことをすれば、この地域に無用の混乱をもたらす。ならばここは人の心を和ませる陽光のような態度で接するべきではないか。

余が内心でそう思っただけで流石だなあ、流石は脳内参議院議員だなあ、狗井真一は、「私もそう思います。ここは声をかけておいた方がよろしいでしょう」と言った。私が脳で思ったことをこの男は自然にわかってくれるのだ。それはテレパシーなどという下劣なものではない。そんなものは外務大臣レベルでやることだ。「そうですよ。外務官僚なんてものは僕はパリで散々付き合いましたが、はっきり言って土人ですよ。土人でした」またわかってくれた。

「さあ、それはよいとして、じゃあ、狗井議員、君が声をかけてくれるか。僕はどうも人見知りする質ぢゃによって」

「合点承知の助」

そう言って狗井は男たちに近づき、声をかけた。

「大丈夫ですか」

というのは事故を起こした相手の身状を慮って、すなわち怪我やなんかはありませんか、と親切に問うたわけである。ところがなんということだろうか、男のうち、崩れたようなストリート系の痩せて背が低い男は、まったく返事をせず無表情で通り過ぎ、がっちりした体つきの背の高いスーツ姿は、人を愚弄するような、ははは、バカが転がっている。みたいな上から人を見下したような蔑み笑い、卑しみ笑いを笑いながら通り過ぎて行った。

余たちは小石のように黙殺されたのだった。

「狗井君」

「余さん」

「なんだありゃあ」

「なんなんでしょうか」

「食堂に入っていきましたよ」

「後を追ってみましょう」

「そうしましょう」

男たちの後を追って食堂に戻ると、男たちは私たちを黙殺したのとは打って変わって、和気藹々、実に親しげな態度で食堂の婆と話していた。そしてまた婆も婆で、いくら近所の人間かも知らぬが、そんな車もまともに運転できないような、人にまともに挨拶もできないような男たちに親切にしたり、愛想よくしたりする必要はないのに、ニコニコ笑って茶を持ってきたり、甘味を運んできたりしている。

その合間に婆は余らの誂え物も運んでくるのだが、余らに対しては通り一遍なサービスしかしない。余は狗井に言った。

「狗井議員」

「なんですか」

「なんだかさあ、あの婆の態度、おかしくね？」

「そうなんですよ。仰るとおりなんです。我々には通り一遍なサービスしかせぬくせに、あの非常識な無茶者には親切にしてるんですよ。ぜってぇおかしいですよ」

「だよね。なんでだと思う」

「そりゃあ、こんな店だって洒落や冗談でやってる訳ではなく、商売でやってるわけですから、愛想よくするということは彼奴《きやつ》らがこの店の上得意で多くのカネを遣うということでしょう」

「ナール、程。そりゃ道理だ。じゃたら余たちはあの者どもがどれほど豪勢な誂えをするか、ちょいと見てやろうじゃないか。それが足らぬようなら自然の鉄槌を下してもよいわけですし」

「そりゃそうですな。たいした誂えもせんくせに私どもよりもよい待遇を受けるなどというのは、いずれ無知ゆえとはゆえ、こっちも無感情な大波や大風を吹かせぬ訳には参らん、という訳ですな」

「ほほほ。まあ、そういうことだ。ご覧なね、婆がなにか言っている」

「ホントだ。ははは。言っている」

そう狗井君と余が言い合うとき、確かに婆はふたりのどうしようもない男に、「なにか差し上げましょうか」と言った。食堂に入ってきたのだから当然のことだ。ところが男たちのそれに対する返答は驚くべきものであった。ストリート系の男は言った。

「ごはんはいりません。俺たちはいまよそで牛めしを食べてきたところでしてね」

余は驚き呆れて狗井に言った。

「あんなことを申しているよ」

「驚き呆れたことですね。ところで、この豆腐チャンプルーですがね、もの凄くおいしいんですよ。あなたのその地元野菜を使ったポタージュってのはいかがでごんすか」

「ああ、そうだ。あまりに奇異な連中に遭遇したため、食することを忘却していたよ。こういうものはな、いいか、狗井君、冷めないうちに食べるのが骨なのだ。骨法なのだ。その一方で僕は、スープの冷めない距離、というものをこの世から抹消したいと思っているがな。とまれ、ひと匙、食してみよう。そうしないことにはなにもわからない」

そんな、まるで塩味のような冗句を言って、そうしてポタージュを食べ、そうして驚愕した。まるで頭のなかでナイチンゲールが歌いながら爆発するみたいなうま味がその味のなかにあったからである。余は呻《うめ》くように言った。

「う、うまい」

「でございましょう。永劫の人類の惨苦というものを腹中に収めんとして入った田舎の食堂が豈《あに》図らんや激烈にうまいとはどういったことでしょうかね。有名ソムリエかなにかが謀略活動をおこなっているのでしょうか。ならばどうしましょう。自然の鉄槌を下しましょうかね」

「まあ、それは先の話としよう。苦しみを求めた結果、それが楽しみとなるなどということは人間界ではよくあることだが余はもはやその次元に居ない。余はなにひとつ求めることがないのでね。余は自然現象をもたらすけれども現象そのものともいえるからね。颶風が進めなくて苦しむといったようなことはないですからね。せいぜいメルヘン的に狂風とでも言っておくのが妥当でしょう。と、まア、それはともかくとして、それほどにうまい、隠れた名店とでも言うべきこの店に対してあの態度はなんなんでしょうかね。食べログとかにチクってやりましょうかね」

「それはどうでしょうか」

「駄目なんじゃないですかね。それだったらまだヤフー知恵袋とかの方がよいんじゃないですかねぇ。でもそれにしても効果は限定的でしょう」

「じゃあ、どうすればいいのだ。評論家のような立場で人を批判するのは簡単だ。だいたい君は批判してばっかりで具体的なプランを出さんじゃないか。そこがもっともむかつくところなのだ。はっきり言って殺したいよ」

「殺さないでください」

「じゃあ、プラン出せよ。最低、三つ出せよ。どうすんだよ、あのふざけた奴ら、どうすんだよ」

「別に簡単なことですよ」

「どうするのだ」

「どうもこうもありませんよ。あなた、自然なんでしょ。人間なんて非力なものですからね、鉄槌を下せばよいのですよ。竜巻かなんかで吹き飛ばしてしまったらいかがですか」

「それはどうかな」

「いけませんか」

「いけなくはない、いけなくはないが、そうするとこの家も吹き飛んでしまうわけでしょう」

「別にいいじゃありませんか。自然というのは無慈悲で残酷なものです。というか慈悲とかそんなことといちいち考えませんからね、自然は」

「いや、余はそんなことを言っているのではない。この家がなくなったら、このうまい料理が食べられなくなるじゃないか、と言ってるんだよ」

「あ、なるほど。じゃあ食べ終わってから竜巻を起こしますかね」

「でもその前にあいつらが帰っちゃったらどうするよ」

「そうか。困ったな。じゃあ、二つ目のプランを言います。眼力をやったらどうでしょうんか」

「おお、眼力。それはいいがどうするんだ。私どもで眼力をやって口から眼球を出してご覧なさいな。びっくりして恐れ入ってバカになって座り小便するでしょう、それはいい気味ですよ、きっと。笑ってやればいいんですよ」

「うむ。いいな、やろうか。吩」

「なにやってんですか」

「決まってるだろう。眼力を込めているのだ」

「あ、でも、ちょっと待ってください」

「なんだ」

「もしかしたら駄目かも」

「なんで」

「だってあんな挨拶も碌《ろく》にできないような粗暴な、謂わばrudeな連中でしょ。眼力を見ても恐れ入らない、といま急に思いました」

「恐れ入らないでどうするのだろう」

「ゲラゲラ笑って、眼球を引きちぎって溝に投げ捨てたりするかも」

「そりゃ、困るな。目がなくなっては道中ができぬ」

「じゃあ、三つ目のプランを出しましょうか」

「うむ。どうするのだ。あのふざけた奴らをどうするのだ」

「どうもこうも在りませんよ。普通に殴りましょう」

「はあ?」

「いや、だから普通に殴るんですよ」

「でもそれってどうなんだろうか」

「なにがですか」

「いや、なにがっつうことはないんだけどね、いきなり殴る、というのはどうなんだろう、こっちが悪いってことにならないかね」

「あなた、なに言ってんですか。あなたは自然なんですよ、自然が悪い、なんてことあるわけないでしょうが。全然、オッケーですよ」

「じゃあ、殴りますかね」

「殴りなさい」

「ただ、あの……。狗井君、君は一緒に殴ってくれるんだろうね」

「いえ。僕は殴りませんよ。っていうか、殴れません」

「なぜだ」

「だって僕は脳内とはいえ、一応、議員なんですよ。それも定数一名の。その僕が殴れるわけないじゃないですか。なに言ってんですか」

「なるほど。じゃあ、余が殴ろう。ただ……」

「なんですか、まだなんか在るんですか」

「向こうが強かったらどうなるんだろうか。自然というのが人間によって痛めつけられる、ということはよくあることだが、ということは、まさかそんなことはないと思うが余が痛い思いをする、ということになりゃあしないかね」

「そりゃあ、ありますよ。けれどもあなたはさっきご自身で仰ってたじゃないですか。自然は苦しまない。苦しむのは自然を害したものだ、と。そういう形で奴らが懲らされるということだってそれは当然ありますよ」

「その際、自然が痛みを負うのは仕方がない、という訳だな。ただひとつ聞きたいのだが、その際、自然が死ぬということはないのだろうか」

「ははははは。おもしろいことをおっしゃる。自然が死ぬというと自然死じゃありませんか。自然はそういった死を包含しています。生も包含しています。しかし自然が死ぬことはありませんよ」

「でも現象として……」

「ははは、それも問題ありませんよ。だって、ここはどこです？　そう光のなかですよ。ムーンライトのなかなんですよ。それは脳の光でもあります。脳に稲光る雷光、のなかとも言えるわけです。そんななんで死んだってどってことありません。現実に再臨するだけじゃありませんか。そんなもの、ただのよくある復活ですよ」

「なるほど。わかったすべての懸念が氷河に向かって走って行って、氷河の裂け目に落ちて死んだ。私には聞こえない。その苦しみの声が。狗井議員、君には聞こえるかね」

「いえ。とんと」

「よかろう。では余は奴らを自然としてごく自然に殴るのだが、いまは駄目だ」

「なぜです」

「なぜって、ごらんなね。先ほどから続々と誂え物が運ばれてきている。余はまずはこれを心ゆくまで味わいたいと、そう強く思うのだ。それは自然な心ではない。それは自然の心だ」

「何度も申しますが自然に心はありません」

「ああ、そうじゃった、そうじゃった。それは自然そのものだ」

「それもそうですね。私も自然にこれを食べたいです。騒動でおいしい食事が玉無しになるのは本意ではない」

狗井君はそう言って、揚げ出し豆腐を食べた。余は、ギョーザを食べた。そして、同時に言った。

「う、うまい」

それからは余も狗井も餓鬼同然であった。餓鬼同然の姿で料理を貪り食らった。そしてその間、ものも言わない。時折、「ああっ」とか、「ううむ」とか、「こ、これは」などと呻き感嘆するばかりであった。

そして生ビールも飲み干して、満腹による虚脱と倦怠のなか、狗井と余はようやっと、目的なく湖を漂う小舟のようにヨラヨラとした言葉を交わし始めた。

「しかし、この旨さというのはなんなのだろうか。世の常の旨さとも思われない」

「そう。僕はこれまで随分と飯も食ったが、こんなうまい飯を食べたことはない。間違いなく八十本の指に入る」

「千手観音か。それも言うなら五本の指だろう」

「いや、一本の指だ。間違いなくナンバーワンだ」

「そうか。それにしても不思議だな」

「なにがですか」

「だってそうじゃないか。光のなかの、しかも脳内の外れの田舎町にこんな素晴らしき店があるなんて」

「それもそうですね。このあたりの文化程度を考えれば謎ですね。あの悪漢どもも、吉牛食った、なんつってましたものね。ちょっと婆どんに聞いてみようか」

「そうですね。じゃあちょっと呼んでみましょう。すみませーん」

狗井はそう言って食堂の婆を呼んだ。

「あいあい」

そう言って婆がヨチヨチ奥から出てきた。

15

奥からヨチヨチ出てきた婆に狗井は問うた。

「婆どん。ひとつ尋ねまするがな。あんたげの料理はどれもみんなおいしい。こんな山家でどうしてこんなおいしい料理ができますするのかな」

「それはそれはありがとうございます。手前ども料理がおいしいと仰ってくださる。そういうことを仰ってくださるのはこうした渡世をいたしておりましていっち嬉しいことでござす。私どもの料理がお口に合いましたは偏《ひとえ》に料理人がよいからでござす」

「ほう。やっぱそうか。腕に覚え、って訳だな。で、お婆さん。お前様が料理しなさるのかい」

「いやいやなかなか。わっちはこんな料理はようしきらん。わっちのするのは家庭料理ばってん」

「ほう。なら爺どんがしなさるのかな」

「滅相もない。爺どんはこげなことする人ではない」

「ほう。なら、よい料理人を高給で召し抱えているのだな。そりゃ、結構なことだ。東京から呼んだのかね」

「滅相もない。こげなこまか店にきてくださる抱え人のあるものかね」

「じゃあ、誰が料理をするのかな」

「うちの息子でごわす。うちの息子は東京に行き、また、外国にも行って長いこと修業をして腕を磨いて、それゆえ、お客人のお口に合うものをなんでも作ることができるのでがっさ」

「なるほどねぇ。聞きましたか、先生。親孝行なことですよ。そんな長いこと修業したのであれば、やはり都会の名店で働くなり、資金調達をして都会で自分の店を出したいじゃないか。その気持ちを押し殺して郷里に帰り、親の店を手伝っている。自分の名誉欲や出世欲を捨ててね。それというのも年老いた両親にいつまでも辛い思いをさせたくない、というこの一心だよ。ね、偉いもんじゃないか。孝行息子じゃないか」

狗井真一議員がそう言ったとき、

「いや、違います。そんなものじゃないんですよ」

とそう言いながら、奥の調理場から白衣を着た男が出てきた。

「そんなものじゃないんです。実は僕は自分の店を持ちたかったのですがね。とても東京では無理でした。ご存知のことと思いますが、例の白濁事故があって以降、東京の都心部の地価は鰻登りでしてね、坪単価四百万円とかになっちゃったんですよ。とてもまともな商売じゃ稼げません。勢い非合法なことに走っちゃう訳で、僕はそういうことに向いておらないたちでね。いまや、若手の料理人が自分の店を持つなんてのは夢のまた夢なんですよ。って訳で、親を頼って帰ってきちゃったんですよ。多いですね、いまは。しかも資金もありませんからね。新しい店なんか建てられませんでしょ。だからこうやって親の店をそのまま使ってやってるって訳ですよ。でも僕なんかはまだラッキーな方なんですよ。だって斯《これ》でも実家が食堂をやってた訳ですからね。違和感ないじゃないですかあ？　それに比べて悲惨な友達、いっぱいいますからね。実際、悲惨ですよ。実家が布団屋の奴なんか、布団ビストロ、とか言って、布団屋と無理矢理一緒にしてぜんぜん流行ってないですからね。なんか一応、布団に寝転がって食べるフレンチ、とか言ってるらしいですけど、そんなこと誰も求めてないじゃないですかあ？　だから誰も来ない。っていうか、元々の布団屋も寂《さび》れてしまって、いまは大変なことになってるらしいですよ。そんな奴も仲間にはいるし、あと、実家が自動車の部品工場の奴なんてもっと酷いです。インダストリアルカフェ、とかいって工場の一角でカフェ始めて、僕も何回か行ったんですけど、夏は暑いし、冬は寒いし、あと、うっるさくてしゃあないんですわ。も、全然、落ち着かなくて五分もいられないんですよね。それと気のせいかも知れないけど従業員の人たちが変な目でこっちを見てくるんですよね。白眼視、みたいな感じで。だから誰も客が来なくて、赤字垂れ流し状態なんですよ。あ、でもね、実家が漢方薬屋の奴が始めた薬膳イタリアンっていうのは例外的に流行ってるそうですよ。一回、行ってみようと思ってまだ行けてないんですけどね。あ、申し遅れました。ワタクシ、当店のシェフで吉岡禽獣《きんじゆう》郎《ろう》と申します。お味はいかがですか」

「だから、うまいって言ってるじゃないか」

「それはそれはよござんした」

「うん。たいしたものだよ。あと、勉強してるよ。このオールジャンルぶりはたいしたものだ」

「ええ、それを言われるとお恥ずかしいのですが、なにしろ田舎なものですからね、ジャンルを限定していては商売にならんのですわ。こっちはフレンチだ、つってんのにいきなり田舎の野球帽かぶって作業服着たおっさんが入ってきて、天ざる、とか言いますしね。いきなり、お寿司が食べたい、なんて言うおばさんがいるかと思えば、都会から来た観光客の方にはそれなりのレベルのもの出さないとまずいでしょ。いきなり液体窒素使ったニューウェイブ求めてくる人もいますからね。かと思えば、法事の仕出し弁当とか、商工会議所の宴会とか、そんなんもありますしね。つまり、なんでも対応しないと、やってけないんですわ」

「そうすっと仕入れとか大変になってくるんじゃないですか」

「ええ、大変です。でも、そこは田舎の利点でね。いるわけですよ、同級生が。野菜作ってる奴もいるし、漁師やってる奴もいるし、なんでもいるんです。そういうネットワークがね、ひとつの商売上の強み、となってるわけです。だから都会の人もリピートしてくれる」

「なるほどね。でもそれにしても、そうしてなんでも自家薬籠《やくろう》中のものとしてしまうあなたの才能は凄いですね。やはりそれは、その吸収力は修業の賜物ですか」

「いやあ、ただの器用貧困ですよ」

「いやいや、なかなか」

そんな狗井と吉岡のやり取りをぼんやりと聞いていた余は、しかし、その話の内容よりも吉岡の外見に驚いていた。

吉岡が光り輝くような美男であったからである。というとたいていの人はテレビドラマや映画に出てくるような美男を思い浮かべるであろう。

しかしそうしたような美男は人に見られることを十全に意識した一種の、媚び、があり、それが卑しみとなってその顔面に現れている。

日々、厨房にこもり、人にその美しい顔面を見せることがない、というか、その顔面の美しさではなく、料理の腕で勝負している吉岡にはそうした、媚び、も、卑しさ、もなく、逆に、その表面上の美しさを内面から照らす、知と生命の光、があった。

これこそが、面白い→おもしろい、ということであり、モーゼが山から降りてきたとき、その顔が光っていた、ということなのだろうか。いやさ、そんなことは自然とは無関係なことだ。余はそう思ったので、吉岡の顔が美しい、というには触れずに別のことを横から言った。

「そりゃあ、狗井君、余も凄いことだと思うが、しかし、どうなんだろうか。疑問点もなくはないか」

「もっとメニューを絞って掘り下げた方がいいってことですか」

「いやさ、そういうことではない。この無目的無方向、ムチャクチャなパワーが爆発していることについては余も大賛成だ」

「あのう、お言葉を返すようですが、爆発したら料理はできません」

「うん。そうだな。でも、ポン菓子、というものがあるだろう。あれは爆発して料理しているんだよね。もっと勉強してから反論してね」

「じゃあ、なにを掘り下げろというのですか、先生」

「それは、全体的な店の雰囲気だ。内装やらBGMやそういったものだ。メニューとかね、そんなんもそうだし。でもやっぱり内装かな、もっとも重要なのは。だってそうだろう。ご覧なさいなね。いかにも田舎の食堂じゃないか。これじゃあ、この雰囲気じゃ、ゆったりリラックスして食事ができないし、それよりなにより、入る気が起こらないでしょう。余らは特殊な事情によって入ってきた訳だが、普通は入らんぜ。この雰囲気じゃ」

「そうでしょうか」

「なんだと、おいこら狗井。余が折角、意見を言ったのにこれに反論するってのか。殺されたいのか」

「別に殺されたかあ、ありませんがね。僕はそうは思いませんな」

「じゃあ、どう思うんだよ」

「僕はこのままがいいんじゃないかな、と思うんですよ。って、まあ、そんなに暴風しなさんな。理由を言いますよ。つまり、そんな風にいい感じにしちゃうと、あまりにも当たり前な感じになっちゃって面白くなくなるんじゃないか、と思うんです。この、あり得ない感じ、っていうんですかね、このカオスな感じって、狙ってやれるものじゃないじゃないですかあ？　いわばいろんな偶然の積み重ねでこうなっちゃってる訳ですよね。それをわかりやすく整理しちゃう、ってどうなのかなあ、って。これはこのままの方が笑えるんじゃないかなあ、って、そんな風に思うんですよ」

「なるほど。君の言うことにも一理ある。しかし、それは退嬰《たいえい》的な考えだ。もちろん、なんでもかんでもご破算で願いましてはといってリセットしてしまうのは問題で、現状のよいところを見て、これを堅持する。或いは伸ばしていくのはよいことだ。けれども、そこを壊さないようにしようとするあまり変えることに臆病になって、とにかく現状を改変するのはよくないことだ、と主張するのはよくない。そしてそれはいま言ったように、容易に頽廃《たいはい》する。すなわち、いまいい感じなのだから、現状についてなにも考える必要はない。というか、考えることは悪である。なにも考えないでいまのいい感じを享受しておればよいのだ、という議論になってしまう。簡単に言うと、当初は積極的に択びとったはずの、このままがよいのだ、という態度が、いつの間にか、いんじゃね？　このままで。というテキトーな感じになってしまう、ということだ」

余がそう言ったとき、向こうの方で、ダラダラした態度をとっていた二人の男、すなわち、余たちを卑しんで笑い、たいした誂えもせぬ癖に店に優遇され、余によって自然の鉄槌をくだされようとしていた、ストリート系の崩れたような背の低い男とスーツ姿のがっちりした体つきの男のうちの一人、ストリート系の方が突然、話に割って入った。

「ほらね、禽獣郎さん。こっちの人もそういっているじゃない。早く、やんないと退嬰主義とか言われますよ」

いずれ鉄槌を下そうと思っていた人間が突然話に割って入ったので、余は驚き惑った。いつも冷静な狗井真一議員も驚き惑い、酢を飲んだような顔をしていたかと思ったら、やがて鼻から豆腐を噴出させ、目を白黒させていた。余は自然の感情のままに言った。

「なんだ、君はさっきから失礼な男だと思っていたら人の話に割って入って。殴られたいか」

余がそう言うと、それまで黙って余と狗井のやり取りを聞いていた吉岡シェフが慌てて言った。

「あ、申し訳ありません。ご紹介が遅れました。こちらは丘森《おかもり》さんといって、こちらの地元を盛り上げるためにいろんなことをやってくださっている会社の方です」

「ははあ、あなたは丘森というのですか」

そう言うと丘森はこちらをうかがうような目をして黙っている。そういうときに狗井君は如才がない、すかさず、

「こちらは余さんと言いまして作家の先生です。私は参議院議員の狗井真一と言います。どうぞよろしく」

と言い、いつの間に用意したのだろう、名刺まで差し出していた。そして、その参議院議員という肩書に丘森の態度が裏返り、それまでは、どうせ無名の貧乏なおっさんが定年後、暇を持て余し、かといって資産もないので金のかからぬ趣味として、史跡巡り、でもしているのだろう。といった感じの見下した態度だったのが、急に、媚びるような、同時にこちらの様子を

うかがうような、卑しいといえば卑しいのだけれども、先ほどの卑しみ笑いとはまた質の違った卑しい笑いを笑いつつ、我々の席に近づいてくると、

「あ、これは気がつきませんで失礼しました。狗井先生でございましたか。いつもご活躍を拝見しております。申し遅れました。ワタクシ、こういうものでございます」

と言うと尻ポケットから名刺入れを取り出して人差し指と親指で摘んで持って、いったん、額に押し当てるような感じで差し出した。

余は、その次は当然、余に名刺を呉れるもの、と思い、唇と腹を突き出して待っていた。ところがその気配はなく、丘森は狗井にだけ気を配っていた。なぜかというと、おそらく丘森の頭のなかでは、参議院議員というものはよほど偉く尊敬すべきものであり、作家というのは無視してもさしつかえない程度のものであるからだろう。

鉄槌を下そうかな。

余がそんなことを考えているのも知らないで、丘森は狗井にペラペラ喋っていた。

「私どもはいま、禽獣郎君が言ったように、町おこし、っていうんですかね、この町を活性化するプロジェクトを立ち上げるための準備のお手伝いのための下調べの調整にたぐいすることの取り組みを始めることを検討し始める会議を開く準備と調査を行っておりまして、この店は、そのプロジェクトの中心的な存在のひとつになり得るポテンシャルを秘めておるのではないかなー、なんて思っておりまして、先生はこの店にはよくいらっしゃるんですか」

「いや、初めて入った」

「あ、そうなんですか。それは驚きました。というのは、いまお話を聞くと話に聞いておりましたところ、まさに私どもが議論いたしますところ、すなわち、この店をどのように演出していくか、という部分にドンピシャッと音がするかの如くに当てはまる議論で、もちろんそんなことに気がつくくらいだから何度もこの店にいらっしゃっているのかな、と思っておったのです。ところがいま聞けば初めて来らっしゃったと仰って、私はその慧眼に驚いた、とこういう訳なのでございます」

と、丘森はそんな弁チャラのようなことを言った。ならば余にも弁チャラを言えばよいのだが、参議院議員と比べて作家というものをゴミクズのように思っているから言わない。

それから後、丘森、吉岡禽獣郎、狗井の議論を黙って聞いていて、だいたいのことを理解した。

丘森は有限会社ビッグブラザーという会社の社員で、有限会社ビッグブラザーはいまや国府海の商工会、町役場、青年会、町議会などに深く入り込み、国府海の町おこし事業にかかわっているらしい。といって有限会社ビックブラザーと国府海の関わりはそう旧《ふる》いものではなく、ごく新しいものであるらしい。ではなぜ有限会社ビッグブラザーは短期間に閉鎖的な田舎町に入り込むことができたのか。それは偏《ひとえ》に有限会社ビッグブラザーの代表取締役社長、龍神沖《りゅうじんおき》奈《な》の人間的魅力によってであった。

龍神沖奈は芳紀二十四歳。まずもって多くの男性がそのキュートなルックスに魅了された。といって、龍神沖奈はただの可愛い女の子ちゃんではなかった。古今東西の学に通じたその智識たるやきわめて該博で、天文地理からサブカルチャーに到るまで、およそその知識の及ばぬところはなく、最初は好奇好色の眼差しでニヤニヤ笑いながら乳や尻をジロジロ見ていた親爺連中も、暫くすると深く頷きながらメモを片手にその話に聞きいった。語学にも堪能で二十四箇国語を話し、チェロ、ギター、クラリネット、ピアノ、ドラムス、三味線、尺八の腕はプロ級であった。ダンスも舞も華麗にこなし、サーフィン、ヨットとあらゆるマリンスポーツに秀で、極真空手の達人であり、国際ヌンチャクコンクールで金賞に輝いたこともある。オペラと浄瑠璃《じょうるり》をヨーデル的に交互に歌うことができるし、その絵画及び彫刻はヨーロッパであり得ないほど高く評価されていた。

龍神沖奈はいまや国府海の美の判者であり、文化的指導者・英雄で、多くの者がみずからの現在を恥じ、多額の現金を有限会社ビッグブラザーに捧げてその改善を願い出ていた。

そんななか吉岡禽獣郎だけがいつまでも願い出ず、それが国府海の一部の人々に動揺をもたらした。そこで丘森ともうひとりの男が何度もこの店にプレゼンをしにきていたという訳らしかった。

「なるほど。事情はわかった」

と余は話に割って入った。しかしすべて事情がわかっていたという訳ではない。余がわかったのはあくまでも表面的な理由であった。

それは、この豊かな街、すべての人民が海浜や松林に弁当の食べ残しを見つけては肺から妙な空気を洩らしているような街、国府海に龍神沖奈だちが深く浸透し、政治支配経済支配文化支配を完成させようとしているということだった。余は小さな声で狗井真一に話しかけた。なぜ小さな声で話しかけたかというと、その話の内容や中身を丘森と丘森が連れているガキに聞かれるのが嫌だったからだ。それは自然な感情ではなく、自然の感情であった。

「狗井議員、この自体を君は脳内議員としてどう分析するかね」

「やーむ、いややーん、やーけ」

「日本画で言ってくれ」

「松に鶴。梅に鶯」

「よしっ、その息だ。じゃあ次はいよいよ日本語で言ってくれ」

「わかったことは表面的なことです。つまり龍神沖奈という人物がなにかをだくんでいるということです。そしてそれはおそらくは」

「悪だくみ」

と余が言うと議員は、「その通り」と言って酢味噌をつまみ上げ口に放り込んで、大きな声で、「うまいっ」と言い、また声を潜めた。

「けれども人間の善悪なんてあなたには無関知なことでしょう」

「ああ、そうだ。そうだが自然にも意志というものがあるからね」

「もちろん。摂理による意志があります。それは現象と同義ですが」

「龍神沖奈はそれに引っかかってきやせんかね」

「そこなんですよ、問題は。つまり、まず微妙なのは龍神沖奈という名前です」

「どう考えても偽名だよね」

「ええ、偽名と言って悪ければ芸名でしょうが、いずれにしてもひどいです。龍神、これは間違いなく僭称《せんしょう》ですよね」

「あたりまえだよ。人間の女が龍神な訳がない。君は議員だから知っていると思うし、打ち明けてもよいが龍神など一連の神格群は自然と同義だよ」

「さらっと凄いこと言いましたね」

「まずかったかね」

「大丈夫です。その通りなんで。ただ、龍神はひどい。それでも人間には姓と名がありますから、姓がそのように傲岸不遜、私は龍神ですよ、なんて言っていても名前でこれをカバーすることはできます」

「なるほど、例えば？」

「例えば、そっすねぇ、龍神嘘子、とか言ってればね」

「そうだな。龍神っていうのは嘘ですよ、と自分で言っていることになる」

「若しくは、龍神バカ子とかね、龍神糞子とか」

「なるほど。けれどそう名乗ると龍神がバカとか龍神がクソって言ってるようにきこえないかね」

「それは仰る通りですね。けどまあ、いずれにしても沖奈っていうのは拙《まず》くて」

「どんな風に拙いのかね」

「まず、沖というのが安易すぎます。龍神だから沖にいるんでしょ、みたいな、投げやりな感じが本人の荒涼とした内面を表しています。そしてそのうえ拙いのは沖奈の奈、です」

「ふうむ。どのように拙いのだろうか」

「つまりね、龍神といかつい訳ですよ。それでそれを沖と安易な聯想で受けた。そしたらそのまま押し通せばよいものを、最後に奈とつけた。なぜだかわかりますか」

「さっぱりわからん。なぜだろう」

「可愛いと思われたかったからですよ」

「なに？　可愛いとな？　そりゃあおかしい。龍神に可愛いもないだろう」

「でしょう？　なのにこのクソみたいな、というかクソそのものの女がですよ、やれ、自分は龍神だと威張ってみたり、安易な聯想で人を脱力させたりと好き勝手振る舞ったうえで、オキナでーす、みたいな感じで、自分は可愛い、と言い張っているんですよ」

「それって一番ムカツクことだな」

「でしょ、あっ、このワケギのぬた、うまいっ」

と、狗井はまた突然、大声を出した。丘森が驚いたようにこちらを見る。吉岡シェフが微笑む。実に巧妙なカムフラージュに余は内心で舌を巻いた。

「それにですよ」

と、また議員は声を低くする。

「あの光り輝く経歴がね、逆に闇に沈んで見えるんです。醇朴《じゅんぼく》な国府海の人は信じているようですが」

「ああ、そうだな。あの美貌の吉岡シェフだけがこれに靡《なび》かないというのも気になる」

「さすがはあなただ。よくそこに気がつきなすった。ひとりびとである光り輝く美男がこれに抗い、多くのくすんだ者どもがこれに随《したが》っている。つまりは神の争闘」

「つまり結論から言うと」

「そういうことになりますな。善か悪かは別にして龍神沖奈とかいう女は、ここでの、この場所での自然、の摂理に反する女ということになる。波に逆らえばどうなりますか」

「流される。というか、ははは、流すよ」

「人間が雷に勝てますか」

「言わぬが花でしょう」

「まあ、しかしなにですな、気になることがひとつありますよ」

「なんだね」

「大層な美人らしいじゃないですか。ひっひっひっ。ここは一番」

「自然な成り行きに任せて、そうなったときは」

「そうなったうえでぶち殺せばいいでしょう」

「しっ、声が高い。あああああっ、このコキールは絶品だなあ」

そう言って狗井議員は蟹汁を啜《すす》った。余はすかさず、

「それ、蟹汁やないかいっ」

とこれをことさらに窘《たしな》めた。余と狗井は狗井議員はすでに完璧な二人組、男子ダブルス決勝進出みたいなことになっていた。

「まあ、とにかく一度、その龍神沖奈とやらのご尊顔を拝む必要があるようだな。どうやって会うかね」

「さあ、そこですわ。下手にこちらから動く訳には参りませんよ。なにしろこちとら自然ですから」

「そうだな。とにかく、そこのバカとしか言いようのない、砕け散って鶴の餌になるだけが能の与太者どもの言動を注視するしかないでしょう」

「ですな」

と、そう言い合うとき、表の方に吊した暖簾が風もないのに、フワッ、と動いた。というこ

とは誰かが人為的に動かしたということだが、戸口に人影はない。

どうしたことだろう。異様の気配に自然の身を固くし、思わず突風でも起こしそうになったとき、丘森だちが、「あっ、社長」と言い、まるでバネ人形のように立ち上がり、戸口の方に駆けていった。

その先にゆらっと立つ人影。どうやら龍神沖奈が現れたようだった。その姿になんとしたことだろう、余はこれまで感じたことのない圧迫感を感じていた。自然である余をしてこんな気持ちにさせる龍神沖奈とはそも何者なのか。見たい気持ち半分、見たくない気持ち半分。その境界線上で満ち引きする潮騒が国府海に響いていた。

## 第六章　龍神沖奈

### 16

店土間に龍神沖奈が立った。

「あ、いらっしゃいまし。龍神様が。お前様、龍神様が見えましたよ。早く出でて御挨拶をしないといけませぬでしょう」

と婆は声を挙げた。丘森らは立ち上がって二重奏のように揺れている。奥からスルメのような老爺が出てきて丘森らとはまた違ったバイブレーションで揺れた。

みなが、自らの意志に反して、というのではない、その人の前に出ると自然に自らの意思がなくなってしまったかのように揺れてしまう、さほどに強烈なAURAを龍神沖奈は放っていた。龍神が出現したら波が起こって水が揺れる。そんな風に人は揺れてしまうのだ。

そして余と狗井は、というとただただ驚愕していた。自然が驚くということは勿論、普通はないのだろうが、自然の理を超えたものが現れればそりゃあ自然だってたまには驚くだろう、というかそも自然である余が驚いているのだから自然が驚くというのは疑いなく実証されたといってよい。

じゃあ余は、余とその眼界の住人・狗井はなにに驚いたのか。龍神沖奈の面貌・容姿に驚いた。と言ったら前の話から多くはその美しさに驚いたのだと思うだろうがそうではなくて余らはその醜《みにく》さに驚いたのであった。

はっきり言ってその醜さたるや言葉にしようともできない、七百八十六連符のような醜さであった。しかし言葉にしないとわからないだろうから言うと、まず異様なのはその、でこ、所《いわ》謂《ゆる》ところの額《ひたい》で、通常、額というものは生え際からごくなだらかに湾曲しながら眉のあたりに至るが、龍神沖奈の場合、これが一番高いところで十五糎ほど前方にせり出して、妖怪人間べムのような感じになっていた。

その巨大な額の下の目はどうかというと、極度に細く、瞳のありどころすらよくわからない有様だった。でこがそれだけ突出していて目が細いのだから、普通なら目がないように見えるはず。ところが極端に横に長いためか銃眼のようでもあり、その眼光、あくまでも鋭く、眼差しは人を刺すようで、いわゆるところの、邪視・邪眼を極度にえげつなくしたような恐ろしい目だった。

鼻は鷲《ワシ》鼻を上から途方もない力で押し潰したような獅子鼻で開ききった小鼻は頬骨のさらに

左右にまで広がって背泳ぎをしても水が入ってくるだろうと思われた。そのかわり平泳ぎだと息継ぎが要らないという利点もあるのかも知れなかった。

そして口はというと普通の、これといって特徴のない口で、他のパーツがそんな風に異様なのに口だけが普通、というのが、仏像に急に人間の目鼻が付いているような感じでこれまた変妙で、これで口も同じく奇妙であればひとつの完成した異相であるところ、画竜点睛を欠いて、詐欺師的な印象をその異相に付け加えていた。

顔の輪郭は丸顔であったが頭頂部から顎《あご》までが三十糎、頭囲も見た感じ、八十糎はありそうで見ているだけで自然に嫌な気持ちになれた。

髪型は、自分は皇族だとでも言いたいのだろうか、いわゆるところの、おすべらかし、というやつで、けれども髪の色はビゲン早染めで染めたような茶髪であった。

化粧ということはこれはしているらしかった。顔全体に塗料を塗り、目の輪郭線に合わせて黒い線を描き、唇にも真っ赤な塗料を塗りたくっている。けれども元々の顔がえげつなすぎて、それらはあってもなくても同じように思われた。まったく違う色の色を塗っても、印象はほとんど変わらないように思われた。

一方衣服はどうだったかというと、ワンピースにカーディガンを羽織るといういたってシンプルなものであったが、胸囲と胴囲が百以上、尻囲もそれくらいあるようで、吐血色のワンピースが膝上のミニワンピのようになっており、また、痰色のカーディガンは横に伸びきってストールのようになっていた。また、首からは臍の位置にまで届こうかというと金色の首飾りをさげ、真っ赤なハイヒールを履いていた。

皆が揺れるなか禽獣郎だけが変わらぬ態度をとっていた。禽獣郎が言った。

「やあ、沖奈さん、いらっしゃい」

「ああ、キンポン、久しぶり。元気ぃ？」

と、龍神沖奈はなれなれしい口調で言った。この時点で余は既に争闘の気配を自然に感じていた。なぜならこのなれなれしい感じがかなりわざとらしかったからである。

そしてそう思った瞬間、狗井がすぐさま聞いてきた。

「つまりそれは吉岡禽獣郎にだけは龍神沖奈がかなわぬということですかね」

余はすぐさま言った。

「しっ、声が高い」

「大丈夫ですよ。かなり声を潜めています。しかも特殊な帯域で喋っておりますから連中に聞こえる気遣いはありません」

「いや、龍神沖奈には聞こえているはずだ。みろ、こっちを気にしていない振りをしながらときどきはこちらを見ている」

「そんなはずは……、うわっ」

と小さく叫んだとき、狗井の首が縮んで顎が胴にめり込んだ、だから言ったでしょ、そう言って余は狗井の耳を摑んで首を持ち上げた。狗井の首の骨が砕けて、首はしおれた花のように垂れ下がった、それほどにおそろしい龍神沖奈の邪眼であった。しかしそれは逆から言うと余が狗井に言った通り、それほどに龍神沖奈が余と狗井を気にしているという証左であった。

ならば誰かが、というか、この場合で言うと、ビッグブラザーの丘森とか或いは婆などが、こちら作家の余さんと参議院の狗井さんなど言って紹介をすべき。ところが御連中ときたらどこまで根性が汚濁しているのだろうか、それともけっこうカジュアルな人柄なのだろうか、そんなことはいっさいしようとしない。

もちろん余たちはそんなことはいっさい気にせず自分たちだけで生きていこうとは思っている。しかし、この不自然なまでの人々の態度は余たちの精神、すなわち自然の精神に引きかかっている。ということはそれは自然に除去される、つまりは自然淘汰されることに自然になってくるのだが、どうなるのだろうか。首の垂れた議員に余は答えた。

「もちろん、そういうことだろう。国府海の者どもはみな龍神沖奈の勢威を畏れこれに仕えている。奉納物も随分とあるようだ、ほれごらんなさい」

「あ、ほんとだ。もの凄いご馳走だ」

と、首が不如意なため目だけ動かし、努力して狗井議員が見るなれば、私たちが誂《あつ》えたものとは随分と違った、品書きにない特別料理がガンゴン運ばれてきていた。それは、シュニッツェルのようなものだったり、巨体な伊勢エビと僂い高野豆腐が合体したものだったり、地元特産の美少女貝という稀少な二枚貝を使った豪勢なものだった。

「けしからんことですな」

と狗井が言った。

「だってそうでしょう。私は議員ですよ。脳内と雖《いえど》も議員なんですよ。脳民の代表なんですよ。それなりの待遇はして貰って当然だと思うんですよ。僕でさえね。ましてやあなたはなんなんですか。自然じゃないですか。雄渾《ゆうこん》な大自然じゃないですか。そしたらお供物のようなものはね、当然、普通よりよいものを出すべきだと思うんですわ。それをばなんですかいな、この店の珍毛なサルマタの容れ物どもは。あんな下っ端の不細工神にあのような特別料理を出しておいて私たちには月並み料理。ありえないことでしょう」

そう言って狗井は首を土間に転がさんばかりの勢いで怒った。

実は余も同意見だった。かつて一死を決意し、死に場所を求めて絶海の孤島に渉った際も桟橋で特別扱いを受ける若い女や食堂で接待を受ける隊員のような奴輩をみて同じような感慨を抱いたことを懐かしく思い出す。しかし、その感情に負けてはいけない。それを導き出している龍神沖奈の勢威のその根本にある事物を見極めなければならない。

なぜかだって？　馬鹿なことを言っていたら嵐に巻き込まれて豚とともに南海で死ぬよ。それは自然の興味がそこに自然と集まっているからに決まっているからぢゃないか。それこそ魂が嵐によって吹き流されるのは海の波に寄り来る若布や昆布を、玉藻《たまも》、と言った万葉人が河童のような瞳で喝破《かつぱ》していたものの本質の饅頭《まんじゆう》だよ。ああ、余はいまよきことを言った、そう。本質の饅頭なのだ。ああ、でもどうだろう、余は真ン中に、の、を入れる傲慢な感じ嫌いなんだよね、だからここは敢えて言う。そう、本質饅頭、と。その本質饅頭を一時に百も、そののみどに詰め込んでやらんばかりの勢威で私はしかし明らかにしておかなければならないことについて口にのぼせた。

「いやさ、議員。それはよござんすのさ。それより明らかにしておかなければならないのは、なんざね。いったんさい」

「それは当然のことながら龍神沖奈が私とあなた様をどう見ておるかでげしょうな。そして後は……」

「後は？」

「禽獣郎との関係性、でしょう。はっきり言って」

「さすがは脳内参議院議員。本質饅頭を食わせる必要がまったくない。デワ話ソウ。まずは龍神沖奈の殊更な態度、あれは、無視する態度、取るに足らぬものとする態度が逆に私たちに対する激甚な感心を表していますね」

「そういうことはよくあると聞きます。特に女の場合は。つまり、気になるものに対しては敢えて冷淡な態度をとる」

「まったくその通りです。しかしその矯《た》めたエネルギーは必ずどこかに噴出します」

「どこに噴出したのでしょうか」

「はははは、滑稽な。自分がそんなことになっているのにわかりませんか」

「ああああっ、これですか」

「そうですとも。あの邪眼のすさまじさ。あれこそが龍神沖奈の我々自然に対する猛烈な意識の表れだよ」

「なるほどね。無視する感じが強ければ強いほど、その裏表出である邪眼が強くなっていくというわけでございますな」

「その通りだ」

「でも、なんで龍神沖奈は私たちのことをそんなに強く意識しているのでしょうか。あの傲慢な龍神沖奈の性格からすれば、この里の他の者と同じく、貧しい身なりの旅の者と侮るのが普通じゃないですか」

「いや、ところがそうならない。なぜなら」

「なぜなら、他の者は自然の中に住まう、いわば自然の一部なのだが龍神沖奈は、そもそも生まれつきがそうなのか、或いは自ら意思してそうなったのかは知らぬが、反・自然的存在だからだ。そうしてそれを自覚するから神を僭称するのだろう。そのうえであんな変な顔をして鼻を広げて歩き、変な服を着て、変な、邪眼のような能力を身につけている。そして土民は、それを神＝自然と崇めているのさ。それをよいことに龍神沖奈はこの人々の産土《うぶすな》を自らの土地として支配し、土地の生み出す産品を私のものとし、人々を奴隷としようとしていた。そこへ余と君、すなわち、本物の自然が現れた。そして他の者は、余が自然だということがわからなかったが龍神沖奈はすぐにわかった。なぜなら」

「贋物《にせもの》だからですか」

「仰る通りだ。本物に本物はわからない」

「なぜですか。本物が本物を知る、と言いますし、本物が本物を語る、なんていう雑誌企画、テレビ企画なんぞも散見せられますが」

「あんなものはみんな嘘さ。考えてもごらんなね。本物は自然に本物だから贋物を意識することなんてないのさ。本物のウイスキーしか飲んだことがない人は贋物のウイスキーが存在することすら知らない。しかし贋物はいつも本物を意識して、自分と本物の距離を測定しているから、本物を見ればすぐにわかるのさ。うっ、やべっ、本物だ、ってな」

「だから、龍神沖奈は私たちを強く意識したのだすね」

「だすよ」

「でも、まだわからないことがあるのですがね、聞いていいですかね」

「ああ、いくらでも聞くといいよ。議員だから質問には慣れているだろう」

「なんで本物だと強く意識するのでしょうかね。邪眼なんて非道いことまでして」

「それはだなあ……、あ、そのまえにその首のタレを何とかしよう。苦しいだろう」

「いやまあ、意外にそれほどでもないんですけど、でも、このままにしておくと、ちぎれちゃうでしょうね。そうなるとちょっと嫌かも」

「だろう。よし、直してやろう。えいっ」

と余が気合いをかけると狗井脳内議員の首が忽ちにして旧の通りとなった。自然治癒というやつを活用した自然の治療だった。爺と婆、丘森たちが寛いだ態度でこれを見ていた。なぜこんな凄いことを見て驚きもせず寛いでいるのか、というとつまりさほどに龍神沖奈の洗脳が行き届いていているからである。

あんなものはとるに足らぬ土民の民間呪術であって、湘南とかでは時代遅れとされているのよ。という顔を龍神沖奈がすれば、意識するまでもなく、それを読み取ってこれに随う。さほどに龍神沖奈に精神を支配されていたのだ。

「ああ、やはりいい。視界が安定します。さあ、それでなぜ沖奈が気にするのかを教えてください」

「いいとも。それはとりもなおさず、余らの存在が彼女の国府海支配の根幹を脅かすからで、なぜかというと……」

「贋物の神の前に本物の神が現れるとまずい」

「仰る通りだ。自分が贋であることが露見し、人々の信仰が薄れてしまう。人々を奴隷化できず、産物を吸い尽くすこともできない。不細工と嘲られ、石もて追われる。吊るし切りにされてドバトの餌になる。それが痛いほどわかっているのだ。そしてそのことは狗井君、君がさっき聞いた、吉岡禽獣郎も関係してくることなのだ」

「あはん？　どういうことでしょうか」

「禽獣郎氏もまた本物を知る、ということさ。そして禽獣郎は国府海で唯一、沖奈の支配下に入っていない人間ですよ」

「なぜ入らないんでしょうね。入ればいいのに」

「本気で言っているのか？　君は見なかったのか。あの、吉岡の自然的な美貌を。沖奈の醜貌と完全な対極にある白銀の顔を。そしてそれが意味することを。ということはつまり吉岡禽獣郎もまた……」

「神に準ずるもの、ってこと」

「仰る通りだ。そして禽獣郎は沖奈のような新神ではなく古来よりこの土地に住む旧神＝土地神なのさ」

「驚きましたな」

「人生なんて驚きの連続だよ。驚かずに過ごす方が難しい」

「本当にそう思います。特に議員なんてやってると、一寸先が闇の世の中です」

「だから、龍神沖奈が禽獣郎のことを、キンポン、と呼んだのが重要な意味を持ってくるのさ」

「ほほう。どんな意味があるというのです。おけさ、ですか」

「おけさじゃない」

「それには二重の意味があるのさ」

「それ、すっげぇ、ききてぇわ」

「じゃあ、聞かしてやる。それはだあ……」

と余が言ったとき、突然に、店先のラジオから、本田路津子《ほんだるつこ》の歌声が聞こえてきた。

やあ、なつかしいやな。

と丘森が思わず口走り、龍神沖奈に激しく頰桁《ほおげた》を張られ、もんどりうって転がった！

17

「ははは。余らにそのおそろしさを見せつけているのだろう」

余は一瞥もくれずに話を続けた。一刹那、龍神沖奈は口惜しそうな表情を見せた。戦いは既に始まっていた。

「龍神沖奈は吉岡君のことをキンポンと親しげに読んだ。これがなにを意味するのか。まず、君の読みを聞こうか。君はこれをどう分析するかね」

「そうですねぇ、まあ、普通で考えれば、自分は吉岡禽獣郎との親密ぶりを我々に見せつけ、おまえらが土地神・吉岡に取り入ろうとしてもだめだぞ。新興神である私が既にがっちり押さえていると言っている、つまり牽制しているのではないでしょうか」

床に広がる丘森の血をぼんやり眺めながら狗井はそう言った。奥から醜い娘がバケツと雑巾を持って出てきて床を拭き始めた。丘森はほったらかしだ。私は言った。

「おおおっ、さすがは脳内参議院議員・狗井真一君だな。脳内というのは自分で勝手に思い込んでいるという意味とそれこそ自分で勝手に心得て個々人の脳の中に国権の最高機関が厳然と存在することを識らない情弱ちゃんならこれを、仲いいからに決まってんじゃん、などと言うところだが……、いや、感服つかまつった。けれどもそれは物事の一面に過ぎない。別の一面から見れば、また別の事実が立ち上がってくる」

「それを聞きたいです。胸に蹄《ひづめ》を入れて」

「かつて聞いたような言の葉だが、よろしい。申し上げよう。それには裏の意味がある。もちろん余は、いやさ、ここは余らはと言うべきかな、余らは強大な自然神だ。こんな田舎町に君臨することなどいとも簡単なことだ。というか余の自然な感情がこの国府海の存続を望まなかったら、どうなるだろうか。そう。瞬時にこの町は消えてなくなる。理由もなく、理論もなく。そしてそれを理解しているのは龍神沖奈ただひとり。そして龍神沖奈は、いったいどうやったらそんな恐ろしい、そして馬鹿げたことを考えられるのかまったく理解できないのだけれども、自分を余と同等か、或いはそれ以上の外来神と自分で勝手に思っている」

「馬鹿ですね」

「ああ、馬鹿だ。ただ、馬鹿は神を畏れない。だから神としても対処に困るのだ」

「なるほどっすね」

「なるほどっすだ。ところがそこにもう一柱の神がいた」

「土地神の吉岡禽獣郎」

「そうだ、さっき見たとおりだ。余らはもちろんこの吉岡禽獣郎が神であることを即座に見抜いた。そして吉岡禽獣郎が神であることを余らが見抜いたことを贋の神、龍神沖奈は察知した。ならば吉岡禽獣郎と同等な感じ感を演出すれば、自分は吉岡禽獣郎と並び立つ神、ということを内外に誇示できる、とこう考えた。つまり平たく言うと、自分は吉岡禽獣郎とタメということをアッピールしたということだ」

「なるほどっすね」

「なるほどっすだ」

「けれどもそれだったら、吉岡君、くらいの感じでいいんじゃないですか。なにも、キンポンとまでいわずともよいように思います」

「そこだ。そこが龍神沖奈の計算だというのだ。いいかね、例えば第一代内閣総理大臣伊藤博文公に、『おほ、伊藤君』と声を掛けた人がいたら周囲の人はなんと思うと思うかね?」

「あぎゃあっ、あの伊藤公に伊藤君つっちゃったよ。この人、大丈夫かよ、と思うでしょうね」

「でも大丈夫だったら？」

「すっげぇ、伊藤博文を君付けで呼べるくらいに凄い人、もしかして宮様？　とか思います」

「だよね。でもそれだとちょっと距離感じない？」

「言われてみればそうですね。あくまでも仕事上の付き合いって感じですよね。プライベートは別、みたいな。逆に言うと、お互いに冷淡というか、休みの日に偶然、駅で会ってもお互いに気がつかない振りをする、みたいなそんな感じがします」

「でしょ。ところが伊藤博文公に、ヒロヒロ、と呼ぶ人があったらどう思う」

「そうですね、そっちだと、上っていうより、やっぱりタメって感じですね。休みの日に偶然、会ったら、一緒にパフェ食べにいくみたいな」

「だよね。じゃあ、一国を支配しようとした場合、どっちがよいと思う？」

「そりゃあ、上の方がいいんじゃないですか。命令できるし。友達だと、ほら、気遣いとかあってやっぱ支配って感じになりませんし」

「人の世ならな」

「るーん？　ルツ？」

「耳を澄ましてごらん」

「耳を？」

「あれは遥かな」

「あっ、そうか。神々だった。吉岡禽獣郎は神だった。そして贋とはいえ、龍神沖奈は」

「自分は龍神であり、外来神でありあり、芸術神であるといっている、つまり……」

「神を僭称している」

「でしょ、だったら君臨しようと思ったら本物の神と並び立つしかないでしょう。そして神というのは屡屡《しばしば》、一対になって現れるものだ。それを演出しない手はない。そのためには同格である必要がある」

「でもなんで親密である必要があるんでしょうか。親しみと尊敬を籠めてさん付けで呼べばいいじゃありませんか。そんな態度にこそ国民は惜しみない拍手を送るのではないでしょうか」

「そこだ。そここそが龍神沖奈の狙ったところだ。つまり、禽獣郎と自分はかく親密だ、よってその隙間に誰かが入ってくることはできないよ、とこう言ったわけだ。誰に言ったかというと当然……」

「私たちに言った」

「そういうことだ。と、同時にキンポンなどというふざけきった呼び方で吉岡自身も牽制している。なぜならある意味で、これは君付け以上に舐めきった呼び方だからな。だってそうだろう、ポンだぜ、ポン。君だって真ポンと呼ばれたら怒るだろう」

「別に怒りません」

「はあ？　怒らないだと？　君、真ポンがなんの略かわかってるのか」

「わかりません」

「愚だな。自分が馬鹿にされてもわからない。議員なんてしょせんはそんなものか。教えてやろう、真のポンカン、って意味だよ」

「真のポンカン。僕はポンカンじゃありません。人間です」

「そりゃわかってる。ポンカンじゃないよ、君は。ただね、ポンカンにはもうひとつ別の意味があるんだよ」

「どういう意味ですか」

「馬鹿って意味だよ」

「え、じゃあ、真のポンカンって真の馬鹿ってことですか。むきいいいいっ」

「今頃、怒っても遅いよ。でも、ね？　君が真ポンで怒るんだったらキンポンで怒るのは当然だろ」

「そりゃそうですよ。キンポン、つまり、真のキンタマ、という意味でしょ」

「ちげーよ。それだっただったら、真キンじゃん」

「あ、そうか。でもやっぱり、ポン、って付けられると腹立ちますよね」

「立つよ。余だったら余ポンだよ」

「そんなもの、ヨポンが許さないっ」

「それは世論だっつの。伊藤博文だったらヒロポン」

「シャブ中か」

「上田だったらウエポン」

「武器か」

「アグネス・チャンだったらちゃんぽん」

「ああ、悪酔いした、って言うてる場合か。もうええわ」

「ほな、さいなら」

「って漫才やってる場合じゃないんですよ。つまり、それくらい禽獣郎は舐められてる、ってことですね」

「うん。舐められてる、っていうか、ことさらに舐めたような態度をとっているということだ。それによって龍神沖奈は禽獣郎に、おまえはしょせんはキンポンだ。土地神、井の中の蛙で、おまえが強大な神の権力を振るえるのはこの土地の中だけだ。この土地でこそ禽獣郎様と崇められているが、私たち外来神から見ればしょせんは土俗のキンポンだ。いまもそこに贋神がやってきているが、あんな詐欺漢に騙されてはいけない。そのためには外来の芸術神である私とがっちり組まなければならない。そうすることによって初めてこの土地を千代に八千代に支配することができるのだ。あなたはキンポン、それを忘れてはならない。あなたには私が必要なのだ。あなたが国津神なら私は天津神、あなたは私に国を譲って初めて祀られる。それを忘れな。ゆめ忘れな、と言っている」

「なるほどっすね」

「なるほどっす、だ」

私がそう言うとき、本田路津子の歌がようやっと終わり、次に島倉千代子の歌が始まった。

この世に神様が
本当にいるなら
あなたに抱かれて
私は死にたい

「素晴らしい、四行詩ですね」

という丘森の声。それに続いて、

「え、なにが？　誰が？」

という声が国府海に深く響いた。国府海はいつしかバターのような霧に包まれていた。

18

これでバターサンドを作ったらどんな味がするのだろうか。

狗井は、そんなよしなしごとを考えつつ、いやさ、こんなことを考えている場合じゃない、と思い直して首を振った。余が言った。

「そんなに首を振っちゃぁ、また首が落ちるぜ」

「ごめんくだせぇまし。ところでそれで余様はどうなさるおつもりですか」

「いうまでもない。自然のままに随うまでさ」

「具体的はどういうことでしょうか。やはり鉄槌?」

「自然に意志はない。ただ、自然に逆らった人間がどうなるか、それを考えれば簡単なことでしょう」

「龍神沖奈を滅ぼす?」

「違うよ。龍神沖奈が自然に滅びるのさ」

「自然に?」

「そう自然に、だ。そしてそれが具体的にどういうことかという君がするであろう質問に先回りして答えるならば、龍神沖奈の国府海支配計画は頓挫して、龍神沖奈は石もて追われ、裸で逃げ出す、ということさ。それが証拠に、ほらごらん、あの吉岡禽獣郎の露骨な態度を」

と、余に言われて狗井は禽獣郎を見た。禽獣郎は余と狗井の座る席と丘森、龍神沖奈という有限会社ビッグブラザーの連中(ストリート系の若者はいつしか姿を消していた)の席のちょうど真ん中あたりに立っていた。その表情は相変わらず白銀のごとく光り輝いて土俗神とはいえ、かなりの神格の持ち主であることが容易に見て取れた。調理場を背に入り口に向かって立った禽獣郎は右側の龍神沖奈たちの席に顔を向けて微笑していた。

そして龍神沖奈たちは、と言うと自分たちでも何事かを話し、そして時折禽獣郎に話しかけながら豪勢な特別料理を食べていた。

狗井は余が言っていることがわからないようで、それで言った。

「露骨な態度とはなんです。普通に見えますが」

「ははは、わからんようだな。じゃあ、そうさな、おおっ、ちょうど水がないな。吉岡に水を持ってくるように言ってごらん。いやさ、茶がいいかな、茶を頼んでごらん」

「わかりました。おい、吉岡君、相済まぬが温かい茶を二杯汲んできてはもらえないか、おいっ、聞こえないのか。茶、だよ、茶」

そう言われて吉岡禽獣郎は嫌な顔でこちら見ると、「ああ、茶ですか。わかりました。持ってくればいいんですね」と言ってぞんざいな動作で茶を運んできた。

「どうもありがとう、吉岡さん」

「どういたしまして」

「さあ、狗井よ、その茶を飲んでみたまえ。よし、飲んだな。味はどうだ」

「ぬるい。and 薄い。あと茶碗が見るからに百均《ひゃっきん》の茶碗でそのうえ縁が欠けています」

「だろうな」

と、余が言ったちょうどそのとき、龍神沖奈が色気ちがいが声優の真似をしているような声で言った。

「キンポーン、あたし、お茶、飲みたーい」

それを聞いた狗井が言った。

「ちょっと嘔《は》きにいっていいですか」

「まあ、待て。この後のやりとりを聞いてから嘔きにいきなさい。なんだったらここで嘔いてもよろしい。自然だからだれも文句は言えまい」

「わかりました。でもまあ、なるべく堪えてみましょう」

「うん。そうしてください」

そう言って見ていると禽獣郎は余らに見せた顔とは百八十度違う、輝くような笑顔を浮かべ、

「お茶でございますね、龍神様。畏まりました。しばらくお待ちください」と言うと、ややあって銀盆に載せてポットとカップを運んできた。

「わあ、いい香り」

「金華山を人工爆発させて採取した極上のハーブをブレンドしたキョムランティーでございます」

禽獣郎はそう言って銀盆を持ってその場でクリクリ踊った。

「確かに態度がぜんぜん違いますね。なんでですかね」

「あれはわざとやっているんだよ」

「はあ？　舐めてるんですか。私たちを自然神と知ってやってるんですか。だったとしたら命知らず過ぎますよ。国府海の土地神の分際で。死にたいんですかね」

「まあ、普通死ぬよね。でも、余らにも弱みが実はある。それはなにかというと龍神沖奈を屈服させなければ先へ進めぬという弱みだ。なぜそんな弱みがあるかというと余は龍神沖奈に対して自然らしからぬ怒りの感情を抱いてしまったからだ。でもこういうことはよくある。意味なく自然に憎まれてしまった人間というのはいる。それはともかくとして、吉岡禽獣郎はそれを見抜いて行動したのだ。つまり」

「つまり？」

「龍神沖奈を滅ぼしたいなら自分と組むしかないぞ、と言ってるんだよ」

「なるほど。でもそれがなぜ龍神沖奈の計画が頓挫して裸で逃げ出すことになるんですか」

「吉岡が余と組むに決まっているからだよ。なぜかというと、龍神沖奈は芸術神を僭称して吉岡の尊敬を勝ち取っているが、芸術においても余の優越は疑いようがなく、それを知れば吉岡は国府海にとって龍神沖奈は害毒でしかないと悟り、これを追放するからだ。見よ」

そう言うと余は立ち上がって歌い始めた。お外題は？　もちろん、島倉千代子の、『愛のさざなみ』である。

この世に神様が
本当にいるなら
あなたに抱かれて
私は死にたい

空気中に細かい縮緬《ちりめん》のような皺がより始めた！

空気中に細かい縮緬のような皺が寄ったのはなぜなのか。そんなものは余が、自然である余が歌い始めたからに決まっている。

「でもなんで縮緬のような皺が寄るんですか」

歌っている最中に狗井が問いかけてくる。非常識な男だ。まあだからこそ議員なんてものが務まるのだろう。

ああ湖に　小舟がただひとつ
やさしくやさしく　口づけしてね
くり返すくり返す　さざ波のように

歌いながら余は返答した。これでわかるだろう。

「ああそういうことか。つまり、こういうことですね。この皺、まるで縮緬のような皺は、つまり歌に出てくる湖に寄ったさざ波に照応しているというわけですね。それが空気中に出現した。あなた様は自然だからそんなことがおできになる」

余は歌いながら別脳波で狗井に返答した。なぜかというと自分の意図を正確に理解してくれたことが素直に嬉しかったからだ。自然には感情は本来ないものだが、議員というやつは、そういうところを刺激してくるのが実に上手い。その能力をもっと国民の役に立たないことに使ってくれればよいのだが。使うからこっちは迷惑する。しかし迷惑を受けるのも自然のひとつの役割だ、とそう割り切って余は嬉しさを自然に受け入れたのだった。

「仰る通りだ。むしろそちらが歌声だ。歌は自然の脳内で鳴っているに過ぎぬ。この空気の縮緬こそが余の歌なのだ。シボ加工とでもいうのかな」

「あ、本当でございますね。ますます縮緬がいみじいぢゃありませんか」

狗井がそう言ったとき、テーブルがカタカタ揺れ、その上の茶碗がカチャカチャ言い始めた。吉岡禽獣郎たちは、「おそろしい、まったくおそろしい。なんということだ。僕がこの土地で暮らしはじめて八百年、こんなことが起きたことは一度もなかった。呪いなのか。たたりなのか。まったく悩ましいことだ」と喚《わめ》き散らし、手に持っていた銀盆を開け放った戸口に向かって投げた。銀盆は不自然な軌道を描いて駅の方へ飛んでいった。

龍神沖奈が嘲《あざけ》るように言った。

「キンポンも駄目ね。所詮は田舎のアパッチ族ね。なにを怯えてるの。ただの地震じゃないの。愛のさざなみなんて関係ないわよ」

龍神沖奈はそう言って、自分はまったく怯えていない。余裕を持って対処しているということを表すためだろうか、自堕落な淫売のように股を広げ、太腿を露出して身をのけぞらせて大あくびをした。

「あんなこと言ってますぜ。口惜しいぢゃありませんか。このままほうって置いたら大あくびどころぢゃない、大放屁までしそうな勢いですぜ。いいんですか」

「まあ、まかせて桶」

「うわっ。そんな桶、どこにあったんですか」

「知らん。なんか知らんがあったのだ。それはよいから貴様、これをかぶれ」

「なんでです」

「よいからかぶれ。かぶらんと死ぬぞ」

そう促して狗井に桶を被らせておいて余はさらに心を、自然に心をこめて歌った。

あなたが私を　きらいになったら

静かに静かに　いなくなってほしい

そのときその他の一切とともに、湖上のさざなみが小舟を揺らすがごとくに揺れていた龍神沖奈の顔に異変が起きた。その顔の一面に小さな罅《ひび》ができたかと思ったら、ピキピキピキピキピキィ、と音を立てて割れ始めたのである。余は歌いながら狗井に別脳波で言った。

「さあ、もう大丈夫だ。桶をとりなさい。とって沖奈の顔を見てみなさい。龍神の」

「え、大丈夫ですか。じゃ……。うわあああああああっ、顔がひび割れている」

そう言って狗井は喜びと驚きの混ざったような声をあげ、冷えたがんもどきを食べ、「うまいっ」と叫んだ。そのがんもどきはさざ波のバイブレーションによって電子レンジをかけたように温かくなっていたからだ。

「それにしてもおそろしい顔だ。がんもどきの旨さと真逆って言うか、元々、不細工な変な顔がひび割れていることによって、もう怖いくらいの感じになっている。子供が見たら一生涯、心の傷となって残って将来、駄目な文学者になるみたいな」

「そうだろう。あれが自然の業罰というものだ」

「おもしろいですね。なんでだろう、他人事だとどうしても笑けてしまいます」

「それが人間の業罰というものだ」

そんなことを言いながら余と狗井議員は酒を酌み交わしていた。そうしたところ、龍神沖奈が恐ろしい形相（といって内心にかかわらず形相はおそろしかったのだが……）で叫んだ。

「やかましいわっ」

叫ぶことによって顔面がますますひび割れて剝落していった。余と狗井はそれを指さしてゲラゲラ笑った。余はもう歌をよしていたがそれでもさざ波が寄り続けていた。まさに自然の威力だった。沖奈はそのことも気に入らぬようで頻《しき》りに蠅を払うような仕草をしていた。余と狗井真一はそれをも笑った。

店はもう無茶苦茶だった。いろんなものに皺が寄り始め、私と狗井以外はすべて皺になっていった。沖奈の顔面のひび割れもますますいみじく、下地の赤黒いものが大方露出し始めていた。そして余の歌はますます高まっていく。

別れを思うと　涙があふれる
くり返すくり返す　さざ波のように

そして歌と同時に私たちの愉快な笑い声も同時に高まり、余はそれを訝しい思いで聞いていた。狗井議員も同様に思っていたらしく、余の歌に乗って腰を揺すぶり頷くように首を上下させながら言った。

「おかしいですねぇ、なんで笑い声が高まっていくのでしょうか。私は一定の声で笑っていたのですが。もしかして余さん笑い声、高めましたか？」

「もちろん、歌いながら同時に別脳波で笑った信号を特殊のアンプリファイアーを用いて再生するなどという離れ業は自然たる余にしかできぬことではあるが、音量は特に高めておらぬ」

「ってことことはどういうことでしょう。ちなに余さん、いまそのボリュームどうなってます。僕はこうやって喋ってるんでいまは笑ってないんですけど」

「いまは歌だけ。笑い声はいったんとめた」

「え、じゃあ、なんだろう。だれだろう。ま、まさか？」

　といって実際はそのまさかで、笑っているのは誰あろう、龍神沖奈その人であった。さきほどまで不愉快そうにしていた龍神沖奈は余の歌によって生じた空気のさざ波によって生じた縮緬の震動によってナチュラルに見せかけた厚化粧がひび割れ、その下のどす黒い本性が露出してしまっているのにもかかわらず一転、愉快そうに笑っていた。

　あり得ない化け物である。というのはだってそうだろう、大抵、化け物というものは、その本性を露出した時点で既に敗退している。およそ神というものは我が朝においては本体、本然、本義を隠して出現する。それが顕れる、あきらか、になるのは余程のことがあったときで、神と神が争闘するとき、その本性を現した方が負けである。ならば。

　そう。余の歌によって顔面がひび割れた龍神沖奈はもう余に負けたも同然なのである。

にもかかわらず笑っているというのはいかなる禍事《まがこと》か。

狗井真一は恐ろしさに震えながら言った。

「余さん。歌だけは絶対にやめないでください」

「ああ、もちろんやめる気はない。なんだったらこのまま永久に歌っていてもよい」

「ええ、それほどの意気でいてください」

「いいとも。でもなんでだ。あ、わかったぞ。この歌が沖奈の攻撃を食い止める役割を果たしているのか。これをやめたら沖奈の汚らしさが国府海全体に溢れてすべてが虚しくなってしまうのか」

「いいえ。それほどの力は龍神沖奈にはありませんやな。ありゃあ、ただの土俗神ですからね。気持ち悪いだけです」

「じゃあ、なんでだ」

「あれを見てください」

そう言って狗井は店の外を指さした。

そこでちょっと首を五メートルほど伸ばして戸口から首を出すと、なんということだろう、いつの間にこんなことになったのだろう、濃いバターのような霧はすっかり晴れて抜けるような青空の下、何万という民衆が駅前に集まっていた。

「これは一対《いったい》どうしたことだね。そもそも駅前はそんなに広くなかったはずだが」

「ええ、そうですとも。でも広くなっちゃったんでしょう。縮緬の皺が空間のあり方を根本から変えちまったんですよ」

「しかし、それにしてもだねぇ、なんでこんなに民衆が参集しっちまったんだろう。まるで汚れっちまった悲しみぢゃないか。余はわからなくなっちまったよ」

「そりゃあもう、余さんの歌に狂熱してのことですから」

「じゃあ、よしましょう」

「いや、駄目ですよ。この好機を逃してはなりません。なぜって、そうじゃありませんか。民衆はあなたの歌に狂熱して踊り狂っているのですよ。ごらんなさい。いまの状況はどうですか」

「なんかさっきより盛り上がったね。うおおおおおっ、とか言っている人がいる。え、これってもしかして余が店の戸から首を出したからか」

「そうですよ。そうに決まってるじゃありませんか。この狂熱を用いれば国府海の民衆の信仰を一身に集めることができますよ。そうすれば、国府海を完全に支配できて、あの忌々しい、むかつく、顔がひび割れて猶《なお》、えらそうにしている下劣なインチキ女、世の中の下品という下品を一身に集めたような女、であるところの龍神沖奈の邪悪な目論見を打ち砕くことができるんですよ。だから歌をやめてはいけない、って言っているんです」

「なるほどね。そういう話を聞くとやっぱり君は政治家だよね。余はそんなことはぜんぜん考えなかった。ならばひとつ、やってやろうかね」

と別脳波で言った余は、ひとっ調子、声を高くして首もうんと伸ばし、もはや戸口からおん出て、広場の裏の空を舞い飛びながら歌った。

そうしたところ民衆の熱狂は極点に達し、そこら中で沁《し》んだり生まれたりする人が続出するような有り様だった。それをみてとった狗井が言った。

「そろそろ首を縮めて戻ってください」

「なんでだ。みんな喜んでいるぢゃないか。もっとやろうよ」

「ええ、歌は続けて貰ってけっこうですが広場の中空を舞うのはやり過ぎです。神はそんな簡単に姿を現してはなりません。なんとなれば、彼らが自らの狂熱によって自熱爆発を起こしてしまうからです」

「なるほど。それも可哀想だな」

納得した余は、首を縮めて店に戻った。そのとき別にそんなことを言う必要はまったくないのに、「かーめやまのー、ちょんべ、えはーん」という音を別脳波で自然に発していた。それはよいのだけれども、いざ店に首を戻してみて驚いたのは、いまだに龍神沖奈の笑い声が響いていた、ということだった。余の予測では、その間も余は歌い続けていたわけだし、ということは顔面のひび割れも続いて、もはや龍神沖奈は笑っている余裕なんてないはず、と思っていたのだ。ところが笑い声はいやまして高まっている。というか、それ以上のことを沖奈はやっていた。

なにをやっていたのか。龍神沖奈は私の歌に合わせて踊りまくっていたのだ。自分の顔面を破壊する音楽に合わせて楽しそうに踊る、ってこれ、いったいなにを考えているのだ。自暴自棄か？　呆れて見ていると、踊りながら龍神沖奈は暴徒化したパンクスのように椅子やテーブルを振り上げ、店の壁に投げつけたり、壁にパンチやキックをくれたりしたため、もともと皺が寄って弱っていた入り口側の壁が全部壊れて、店内が丸見え、恰《あたか》もステージのようになった。これに気がついた群衆は狂喜乱舞して余はますます歌をやめられない。

どんなに遠くに　離れていたって
あなたのふるさとは　私ひとりなの

そして沖奈は踊る、踊る、そのうえ、もちろん笑い声しか出ていないのだけれども、口をパクパクさせて余の歌に唱和している、みたいな振りまでし始めた。狗井が脳声で言った。

「まずいことになったな」

「なにがまずいんだ」

「なにがって、この沖奈のノリですよ。駅前広場から見たらまるでステージです」

「うん。まあ、結果的にそうなってしまったがいいんじゃないか。民衆はその方が見やすいだろう。実はあの、首伸ばし、意外に疲れるんだよ」

「いや、そういうことじゃないんですよ。つまりね、こうなってしまうと駅前広場は客席、店内がステージみたいな感じになってしまうじゃないですかあ……」

と、狗井議員がそう言ったとき興奮した民衆が殺到、一致団結してまるで神輿のように店を担ぎ上げてしまったため、店はますますステージのようになった。

「すごいね。唯物史観の人が見たら、民衆のパワーが云々みたいなことを、大喜びで言うでげしょうな」

「げしょうな、じゃなく、まずいですよ。向こうが客席でこっちがステージということになれば、隣で笑い踊っている龍神沖奈は民衆から見たらなんに見えます？」

「なんに見えるんだろう」

「メンバーに見えるんですよ」

「メンバーってなんだ」

「だからあ、この音楽を作り出しているバンドの一員に見える、ってことですよ」

「ええええ、それは違う。あんな奴、一員じゃない。あべこべだ。あいつはむかつく敵だよ」

「ところが民衆からはそうは見えない。なにしろ同じステージに立ってますからね。しかもお聞きなさい。沖奈の笑い声。もはや笑い声じゃありませんよ。完全にひとつのリズムを形作っています」

言われて聞いてみると確かに沖奈の笑い声は、うん、ギャハギャハギャハ。うん、ギャハギャハ。うん、ギャハギャハギャハギャハ。うん、ギャハギャハギャハギャハ。うん、ギャハギャハギャハギャハ。うん、ギャハギャハギャハギャハ。うん、ギャハギャハギャハギャハ。

というリズムをなし、余の歌声と一体化してひとつの楽曲となっていた。

「これこそが、おそろしい龍神沖奈の抱きつき戦術です」

狗井はそう言ってクルクル回転し始めた。

「なにをやっているんだ」

「私もメンバーに見えるように工夫しているんですよ。バンド内における沖奈の存在感を少しでも薄めようと思って」

「さすがは政治家だな。けれどそこまでしなくても大丈夫だろう。なんだかんだ言ってリード・ボーカルは余なんだから」

「馬鹿な。沖奈はいずれすべてを自分のものにしますよ」

そう言って狗井は龍神沖奈の抱きつき戦術について説明をし始めた。それはちょっと普通では考えられないくらいに陰険辛辣なる戦術であった！

「つまりどういうことかと申し上げますと、ああやって沖奈は敵対するものの関係者の振りをするわけです。もちろん、相手は嫌です。嫌ですけれども、それを見ている群衆にはそれはわかりません。群衆からすれば、ああ一体感のあるバンドだな、仲間なんだな、という風に見えます。そう見えているのに余さんが、おまえ、関係ないだろう、やめろ、といってやめさせると、余さんの方が感じ悪く見えますよね。なので我慢していると、それをよいことにドンドン目立って、群衆にアッピールして、いつの間にか、このバンドは自分が始めた、そもそも最初から自分のバンドだった、余さんは後から参加した、とか、最初は従属的な立場だったが自分は民主的なので対等に扱っていたら最近はそもそも自分が始めたバンドだなんて言い始めた、と真逆な主張をし始め、もちろん群衆は詳しい事情を知っているわけではありませんから、へー、そんなもんなんだ、へー、そうなんだ、とこれを信じるようになるのです。これまでも龍神沖奈はそうやって歴史を捏造して単なる土俗神なのにここまでのし上がってきたんですよ」

狗井の言うとおりであった。。その間にも龍神沖奈はバンド内での存在感をグングン高め、その半分顔が割れて、赤黒い肉が露出し、また、太腿や乳房を丸出しにするという、醜悪で怪奇趣味的だがデーハーな外見も相俟って余と人気を二分、いまや、群衆の半分以上はリードボーカルの余ではなく、龍神沖奈のパフォーマンスを注視して狂熱していた。

そしていつの間にか沖奈は、リズムをとるだけではなく、例えば余が、

どんなに遠くに　離れていたって

と歌うとその語尾に対して手拍子を打ちながら、甲高い声で、「あ、離れていたって?」といったオブリガードすなわち対句をつけるような文言を入れ始め、それが次第に甚だしくなっていった。

そしてそれは、あなたのふるさとは「あ、あなたは、ふるさとはっ?」私ひとりなの「あ、それからどした?」という感じでうるさくて歌っていられないし、最後の疑問系にそこはかとなく漂う揶揄《やゆ》的侮蔑的な調子がむかついてならなかった。

そしてその、からかうような調子によって、群衆が自然に、「あ、もしかしてこのボーカルの人より、こっちの女の人の方が立場的には上なの?」と感じるようになっていった。

そしてついに沖奈は言った。

「はい、ストップ、ストップ。いったん演奏止めてください」

その口調はまるで司会気取りであった。けれども群衆の多くはそう言う以上は沖奈が司会なのだろう、と思い込み、沖奈の口上を聞く感じになった。沖奈は続けた。

「みなさーん、こんばんわー」

「こんばんわー」

「はーい、ありがとうございます。中森沖奈でーす、って、嘘嘘。龍神沖奈です。よろしくお願いします。さあ、盛り上がったところで、いよいよ、お待ちかねの、そう、質問コーナーです」

「うおおおおおおおおおおっ」

というのは群衆のどよめきである。質問コーナーでここまで盛り上げる。すべては龍神沖奈の詐術の腕前による。狗井君は舌をいったん長く伸ばして次にそれを丸めていた。

「ここでは視聴者の皆様よりお寄せいただいた質問を直接、余さんにぶつけてみます。余さん、それではよろしくお願いします」

と言って沖奈は赤黒い肉が露出した気持ち悪い顔をグングン近づけてきた。本来であれば、そんな気持ち悪い顔を近づけてくるのだから、くんな、ボケ。とか言うのだけれども、先程、議員が指摘したように聴衆の面前でそんなことをしたらこっちが悪いみたいに思われる。もちろんこっちは自然なので、悪いも善いもないのだが、このようにエンターテインメント産業化した場合は、自然もまた大衆によってその価値を問われるのである。

もちろんそんなことは一時的なことで少し時間が経てば、自然に痛い目に遭わされるのだけれども人間にはそんなことはわからないし、沖奈も毒悪なパワーで迫ってくるので余も一時的にではあるが、この展開に付いていくより他なかったのである。

「宜しくお願いします」

「はあいっ。では、このコーナーには脳内参議院の狗井真一議員にも参加していただきますよ。議員、よろしくお願いします」

「狗井です。よろしくお願いします」

「はい。じゃあ、さっそく質問をぶつけて参りましょう。勝鹿区《かつしか》にお住まいのラジオネーム、むらびとファックさんからの質問です。余さん、今日は素晴らしい歌をありがとうございました。いつも余さんの歌を楽しみにしています。余さんの歌声で余裕のない世の中に皺ができるのが生きがいです。本当に素晴らしい歌声の余さん。そして、隣で余さんを支えておられる龍神沖奈さんには本当に頭が下がる思いです。さてそんな余さんに質問です。休みの日はなにをしておられますかあ？　という質問をむらびとファックさんからはいただきました。むらびとファックさん、ありがとうございますう。沖奈も頑張ってますよー。さあ、それでは余さんにうかがってみましょう。余さんは休みの日にはなにをされてますかあ？」

　そんな愚劣なことを聞かれて答えられるわけはないのだが先程からいうように民衆が注目しているのでそう邪険にもできない。仕方なく余は答えた。

「そうですね、休みと言っても余は自然なので特に休みというものはないんですよね」

「あー、なるほどなるほど、自然体で過ごしていらっしゃるんですね」

「違うんですけどね」

「狗井さんはどうされてますかあ？」

「スキンケアーです」

「なるほど、なるほど。私は朝からカラオケに行くことが多いんですけど、カラオケってスキンケアーになりますよね」

「え、聞いたことないですけど」

「え、ホントですかあー。じゃあ私、間違ってるのかなあ。でも私、ホント、スキンケアーだけは苦手で、だから顔もこんな赤黒い肉とかでちゃってるんですけど、でも私、ホント、カラオケは好きで、余さんのバンドに誘われたときはホント、夢じゃないか、と思ったくらいで」

「誘ってないんですけどね」

「それがいまは作曲も全部任されて、我ながら凄いナー、って思いつつも責任感に押し潰されそうになるんですけど、でもやっぱ、余さんの歌声、っていうか、声のパワーの秘密はどのあたりにあるのでしょうか」

「そりゃあ、やっぱり余がいろんな体験を経て、飄然↓超然と変遷してついには自然となったということに尽きるんじゃないでしょうか。生きることをそれそのものとして肯定する。つまり生の肯定ですね。そのパワーだと思います。それが自然のパワーっていうか」

「なるほど、あくまで自然体で、ということなんですね」

「違うんですけどね」

「さて、そんな素晴らしい余さんが歌う歌詞についての質問が今度は届いてますよ。ええっと、ラジオネーム・贅六ヨーグリーナさんからの質問です。余さん、いつも素晴らしい歌声をありがとうございます。そして沖奈様、いつもお仕事お疲れ様です。アリガトー。沖奈、がんばってまーす。私は四十八歳の女の子ですが、いつも余さんの歌、特にその歌詞に癒やされていますす。余さんはあの素晴らしい歌詞をいったいどうやって思いつくんですか。インスピレーションの秘密を聞かせてください。すごく興味があるのです、ってホントですよね。それ沖奈もいっつも思ってたの。余さん、ホントにあの歌詞ってどうやったらできてくるんですか」

「できるもなにもあれ、島倉千代子だよ」

「ああ、島で書くんですか。島の民宿とかに泊まり込んで」

「違うんですけどね」

「で、沖奈もひとつ聞きたいんですけど、あの歌詞ですね、あれの一行目と二行目以降の矛盾は勿論、余さんのことですから緻密な理論と周到な計算に基づいてのことに決まっているんですけど、あの矛盾の秘密を私たちにもわかるように教えていただけませんか」

「なんの話ですか」

「もー、余さんったら、とぼけてー。だからあ、あれの一行目って、『この世に神様が本当にいるならあなたに抱かれて私は死にたい』じゃないですかあ」

「そうですね。それがなんか問題ありますか」

「その時点ではないんですけどね。でもそこだけ読むと、その、あなた、っていうのはどのように考えても神様っていうことになりますよねえ」

「まあ、そうなるかな。わかんないけど」

「ところがですよ、二行目以降の歌詞を読んでいくと、このあなたというのはどのように考えても人間の、しかも男性としか読めない」

「なるほど。そうかもしれませんね」

「議員はいかがですか」

「そう言われればそうですね。考えたこともなかった」

「そしてこれは考えるまでもなくわかることですが、その人間の男というのはこの女性と思しき『私』の恋人なんですよ。つまり、一行目で、神への愛、を高らかに宣言したのにもかかわらず二行目からは一貫して、男女の愛、になってしまっている。この矛盾というか、ちょっと激しい言い方になりますがある種の堕落にはいったいどんな理由があるのかをぜひ余さんに聞きたいなー、っていうのはリスナーの皆さんも一番思うところではあると思うんですけど、いかがですか？　皆さん」

と、沖奈が群衆に呼びかけると群衆は一斉に、「おおおおおおおおおおおっ」という雄叫びを上げ、一帯に響き渡るその声は恰も自然の地鳴りのようであった。

「聞きたいか？」

「おおおおおおおおおおおおおっ」

「なんで神がそこらへんにいるしょうむない人間の男になったか知りたいかっ」

「おおおおおおおおおおおおおっ」

「余に聞きたいかっ」

「おおおおおおおおおおおおおおおおおおおおおおおおおおおおおおおおおおおおおおおおおおおおおおおおおおおおおおおおおおおおおおおっ」

　龍神沖奈はオーディエンスを煽った。煽りまくった。そしてそのうえで、

「それでは余さん、質問に答えてください。お願いします」

と最後は可愛く語尾を上げていった。これにいたって余は初めて、嵌められた、と悟り、聴衆の手前を考えてうかうかと調子を合わせたことを後悔した。沖奈の抱きつき戦術に続く、貶《おとし》め戦術、そしてそれに続く捏造戦略は着々と進んでいたのだ！


　毒悪なパワー。汚らしい赤黒い顔。みだらな肉体の露出。そんなものでグングン迫ってきて歌詞の根本にある矛盾を突いてくる龍神沖奈の貶め戦術。そしてその先にある捏造戦略、すなわち自分こそが天界及び人界の元々の支配神であって、余はふらりと現れ、無帽《むぼう》にもそれを簒《さん》奪《だつ》しようとした土俗神に過ぎない、という呆れた嘘を民衆に信じ込ませようというのだ。

　もちろんそんなものを滅ぼすのは自然である余にとって容易なことだ。滅びよ、と念じる必要すらなく、なんらの意志もともなわずに余がチラと滅んでほしいと思ったら、それこそ自然

に滅びていく。

ただし。さっきも言ったようにいまはまずい。なぜならともすれば土俗神の主張に耳を傾けやすい群衆というものが目の前にいるからだ。

と言うと、お、なにを言うてますのや。本当のことを言っている方が支持されるに決まっているじゃないですか。と思うだろうが、そんなことはない。なぜなら嘘の方が本当より耳あたりがよいし、そのうえ群衆は土俗なので天神と土俗神がいたとしたら土俗神の展開する議論の方がよりわかりやすく、人はわかりにくいものよりわかりやすいものをより支持する傾向にあるからである。

なのでここはいったん、龍神沖奈の用意した議論の土俵に乗るより他なかった。余は群衆に向かって語りかけるというスタイルで沖奈の糾問に答えた。

「みなさん。今晩は。余です。今日はみなさんとともに素敵な夜を過ごせてとても幸せな余です。ラジオの前の皆さん、お元気ですかー。国府海、がんばってますよー。さあ、お送りしたナンバーは、御存知、愛のさざなみです。愛のパワーでこの世に縮緬状の皺ができて、離れた地点にあるふたつのものがくっつく。人と人との距離が縮まる。ぬくもり。ふれあい。そんなものを猛烈に感じることができる。そんなことを歌った素晴らしすぎるナンバーだす。ただ、いま余は、素晴らしすぎる、と申しました。そう過ぎたるは及ばざるが如し、と言葉があるように、その愛には弊害があります。それは、ごらんのようにこの世の空気にさざなみが寄ってしまい、いろんなものがひび割れてしまうということです。例えば、ほらあの龍神ちゃんの顔。もうムチャクチャじゃないですかあ。世の中の女性がみんなあんな顔になったらどうしたらいいんでしょうね。さてっ、そんな龍神ちゃんからの質問なんですが、のーん、っていうのは考えてる音ですよ。のーん。それはもう、答えなくてもわかるよね」

「わかりませーん」

「わかりませんか。悪いのは顔だけかと思っていましたが、って、嘘嘘。じゃあ、説明しますね。って実はさっきもう答え、言っちゃってるんですけど、要するにこの歌の一行目の愛は素晴らしすぎるんですよ。なので世の中がひび割れちゃう。さざなみの威力が凄すぎるんです。だから僕はこのナンバーの愛を神の愛から個人の愛という感じに解釈を変えて歌ったんです。わかりますか、皆さん、このような矮小化もまた愛だということを。素晴らしいものを敢えて俗悪なものにする、それこそ歌謡ポップス、流行歌の奥底にあるちっぽな真実だということを、わかってもらえたでしょうか。余は苦しみました。この崇高な神への愛の歌をそこら辺のおっさんとおばはんの痴話喧嘩の歌にして果たしてよいものか、悩み苦しみました。いっときは、ええい、ままよ。こんな腐り果てた世の中、皺が寄ろうがなにしようが知ったことか。余は崇高な愛と義のために奉仕する、とも思いました。でも余は、余は、みんなのことが好きだった。みんなを見捨てることができなかった。だから余は、余は、崇高な愛の歌をありふれた恋愛の歌に堕落させちまった。みんな、おーい、余を、余を、こんな余を皆さんは支持してくれますか？」

そう問いかけた瞬間、国府海の地軸が揺れた。群衆の万雷の拍手と歓声があまりにも大きかったからである。

「ありがとうっ」

太い関西弁でそう言って余はステージというか、毀《こぼ》たれた食堂で深々と頭を下げた。万雷の拍手と歓声が鳴り止まなかった。そのなかから、「頑張れよ」とか、「余、ありがとー」という声が多数聞かれた。もはや自然のポピュリズムであった。

余は、さあ、ここからだ、と思った。これで群衆の支持は余に集まった。なのでそろそろ沖奈にとどめを刺してもよいのだが、群衆はいまのところまだ、沖奈と余の関係をとても仲のよいバンドのメンバーだと思っている。そこへ余がいきなり沖奈を滅ぼしたら群衆はどう思うだろうか。沖奈に同情し、滅ぼされた沖奈を悼《いた》んで神社や寺院を建立し、誤った信仰、すなわち心の正しい自然神が心のねじけた土俗神によって滅ぼされた、といった信仰を抱かないとは限らない。なぜなら人々は常に自らの不幸な境涯を誰かに重ね合わせてその心を慰藉《いしゃ》したいと希求してやまぬからである。

なのでここはもう一押し、沖奈の本地、すなわち、なんの由緒もない、風来坊同然の土俗神であり、悪心を持って自然を簒奪《さんだつ》しようとしている、ということを群衆に理解させなければならない。

そのためには物語が必要だが、さてどんな物語を語ろうか。沖奈が豚の化身であることにしようか。そもそもは奈良県生駒郡の人で、裕福な百姓の娘であったが、中学に入る頃から悪霊に取り憑かれ、詐欺や恐喝行為を働いたり、売春をしたり、墓を暴いて腐肉を貪り食らうなどするようなキチガイ娘と成り果てた。体重もこの頃より増え始め、すでに100kgを超えて、近隣近在のものは視覚的にも嫌な思いをしていた。そこでみんなで語らってぶち殺すことにして、泣く親を説得、これをぶち殺した。けれども沖奈は三日後に蘇りを果たし、前にも増してムチャクチャを始め、これを見かねた観音が沖奈を観音の霊力で壺に封じ込め、札を貼った。その壺が回り回ってこの国府海のお寺に安置されていたのだけれども、先々週、なにをやらせても失敗ばかりしている駄目な僧が誤って、その封印を解いてしまい、そうしてあらわれたのが、実はこのＤＪ沖奈で、余のバンドのメンバーでもなんでもなく、局の人を騙してここにいるだけのインチキ騙り悪霊である、みたいなことにしようか。

そう思って沖奈の方を見ると、群衆が私を支持して、まるでそんな質問をした自分が馬鹿、みたいな空気になっているのが苦しくて仕方ないらしく、身体が六倍にも膨張して、その結果、着ていたワンピースは裂けて全裸となっていた。その身体の表面は、ところどころ腐って、赤黒い肉が露わになり、そこから血やリンパ液とともにウジ虫や虱がボタボタたれていた。そして不思議なことに一部の裂け目からは大量の竹輪が噴出していた。

そしてまた髪の毛からは大量のフケが滝のように噴出していた。

そんな風になって苦しみつつなお、群衆に好かれようとして沖奈は、自分の身体から出てきた竹輪を、腐って溶けて大和芋のようになった手で、「おいしい竹輪をどうぞ」「できたての竹輪をどうぞ」など言いながら手渡している。

いったい誰がそんな気味の悪いものを受け取るものか、と呆れてみていると、なかにこれを受け取り、その場でムシャムシャ食べる者がいて、また呆れた。それで、マイウ、とか言っている。

それはそれとして多くの者はもちろん気色悪いので受け取らず、これにいたって沖奈の敗亡は明らかであった。

そこでそろそろ物語を語ろうかな、と思った、その一刹那、六百万の電光掲示板が同時に転倒したような声で龍神沖奈が言った。

「なるほど。さすがは余さんです。みんなのことをそこまで考えてくださっているとは夢にも思いませんでした、っていうと語弊があるのかな、夢には思いました。ケロッグ一年分とコミニュケーション優待券を差し上げますわ。抽選で千名様に。いえ、もれなく、的な。でもごめんなさい、私、尿漏れしちゃってるみたい。だって、嘘嘘。洩れてるのは竹輪だけだわ」

と沖奈がそう言ったら群衆はゲラゲラ笑った。隣で狗井がスッポンが鰻を食べているような顔をしている。

「なんだ、その口元は」

「舌を巻いているのです」

というのは余も同感だった。尿漏れ、その一言で沖奈は再び群衆の関心と少しではあるが信頼感を取り戻していた。そしてそのとき沖奈は自分の声をアイドル的なキャラ声から地方局のベテラン女性アナ声に造り替えていた。その声で沖奈は言った。

「さあ、そんな風にいつも私たちのことを考え、私たちに夢と希望を与えてくれる余さんに、もうひとつだけ、じゃ今度は、私から、質問をさせてください。ええっといま余さんは、みんなの世界にたくさんの皺が寄ることを心配して崇高な神の愛を泣くような思いで俗悪化させたと仰いましたが、ええっと、私どうしてもわからないことがあるんですけど、これ、島倉千代子さんの歌ですよね。お千代さん、と通称で呼ばれた」

「仰る通りです」

そう答えると横で狗井が小さな声で、「気をつけろよ」と言った。

「ということはこれ、昭和四十三年の曲ということになりますね」

「そうなんですね。光陰矢の如しですね」

「さすがは余さんですね。でも私がお話をうかがいたいのはそこなんです。いま余さんは、ご自身のご判断で歌詞を変えられたように仰いましたが、おかしいですね。これは既にある曲です。ということは、余さんはご自身のご判断で変えられたのではなく、元々の歌詞をそのまま歌っただけということになってしまいます。そのあたりは私たち、どう考えたらよいのかなー、って思いまして」

と、沖奈はさすがに嫌なところを衝いてきた。しかしそんなものに怯む余ではない。余は深みのある声で答えた。

「なるほど。そうお感じになるのはご尤もです。つまり過去に書かれたものを、なぜ現在の地点から変更したのか、と仰る訳ですね。もちろん、あなたのような土俗神からみたら不思議なことでしょう。でも、余はすべての源のような存在で、余を言葉で定義することはできませんが、まあいわば宇宙神です。つまり余は空であり間であり、また、時であり間である。つまり宇宙である。要するに余にとっては過去も未来も別に同時にここにあるっていうか、いまここにいながら昭和にでも、どこにでもいられるわけでね、あんまり時間とか関係ないんですよ。すべては余っていうか。まあ、自然ですので」

「つまりいろんなことに自然体で臨んでらっしゃると」

「違う。ぜんぜん違う」

「でも、おかしいですよね。でも作者がおられるわけですよね。それは余さんではない。そのあたりはどう解釈すればよいのでしょうか」

「だからあ、そんな作者なんてね、余の産物なんでよ。っていうか、この世にあるすべてのものが余の産物なんです。だって余は自然だから」

「あ、そうなんですね。じゃあ、例えばそこに残飯が落ちてますけど、あれも余さんの産物なんですか」

「広い意味で言えばそうです」

「そこの生ゴミも?」

「まあ、そうです」

「そこの、なんだろう、ああ猫のゲロだ、あの猫のゲロも?」

「そうです、ってなんだ君は穢《きたな》いものばかり言うな。それもそうだし、あの山も海も川も樹も余の産物、というより余そのものだ」

「じゃあ、もしかして、あたくしも」

「認めたくないがそうだ」

「ここにいらっしゃるお客様も」

「そうだよ。余からしたらそれらはみな等しく、余から生まれたもので余から見れば過去も未来もないように、自も他もない。すべては余なのだ。余の一部なのだ。生ゴミも会衆も」

「ちょっと待ってください。じゃあ、余さんから見れば生ゴミも私たちも同じってことですか」

「理論的にはそういうことになる」

と答え、慌てて、「もちろん、同じくらいに貴いという意味でね」と付け加えたが、その声は憤激した群衆の罵声にかき消されて届かなかった。

これで潮目が変わった。

「みなさーん、余さんは私たちを生ゴミ、猫のゲロと同じと思っているそうでーす。それでも私たち、余さんに付いていきますか。私、余さんバンド、脱退します」

など言って沖奈は聴衆の憎悪を煽った。

「殺せえええええええっ」

「傲慢な自然を許すなっ」

「人間を自然から守れっ」

「自然を破壊しろ。環境を破壊しろ」

「地球を甘やかすな、ぶっ壊せ」

「宇宙そのものをなくせ」

そんなことを喚き散らしながら群衆はステージに詰めかけ、余は、余と狗井は群衆に押し潰されて圧死寸前の状態に陥った。万事休す。なのか。

余が死ぬ。死ぬる。そのことの意味が理解できなかった。余は狗井に下問した。

「狗井議員」

「なんでしょうか、殿下」

「余は殿下なのか」

「いえ、違います。ただ」

「ただ、なんだ」

「ご下問と仰ったので」

そう言って狗井は澄ましている。そう。これが自然というものだ。風が吹く。それも自然。人が死ぬる。それも自然。人間なんてものは各々、自らの意志で行動していると自分では思っているかも知れないが、余から見れば外界の刺激に反応しているに過ぎずアミーバーとそう変わらない。たいしたことではない。余が下問と言うまでもない、想うだけで狗井は、殿下、と言う。そのことと余が殿下であるかないかはちっとも関係がない。摂理も思想も哲学もない。宗教もない。信仰すらない。人間というか万物は余の動向に反応するだけのシロモノに過ぎない。余はすべてを決定する根本であり、根源である。原初である。その余を大衆・土民が殺す。

「それっていったいどういうことだろうか。どうんなるのだろうか」

「さあ、私は一議員に過ぎないのでわかりません。いずれ総理がお考えになることになるのではないでしょうか」

「狗井、貴様まで狂ったか。脳内議会は定員一名。総理などおらぬのは先刻承知だろう」

「そんなことどうだっていいじゃありまんか。それよりどうします。このままだと死にますが」

「やむを得ぬ。この御連中は全部、消そう」

「消すと申されますと」

「リセットするのだ」

「そんな、それじゃあ、失敗したから洪水を起こしてやり直し、みたいないい加減なことになりますよ。そんな一神教みたいなことでいいんですか。自然のアニマはどこにいくんですか」

「うるさいっ。洪水なんてものこそが自然の現象だろうが。滓《カス》がっ。それに余は洪水なんて起こさぬわっ。消えろ。その一言でおしめぇよ」

「でも、消えませんね。おかしいですね」

とアナウンサーの声で狗井との会話に割って入ったのは龍神沖奈であった。

そのとき余は既に群衆に押し倒されて仰向きであった。龍神沖奈はなぜかその余と平行に立っていた。ということは沖奈は空中に浮かび、また、地面に対して水平の姿勢を保っているということで、余に対してこんな挑戦的な姿勢はないと言えた。

なぜならまず上から余を見下ろしている。これは土民がよく言うところの上から目線というやつで、人を小馬鹿にしている証左である。また、余はこの余に引力というものを設定した。万物はそれに縛られているはずで、引力はすなわちそのまま余の勢威とイーコールであるはずであった。しかるになんだこの沖奈は。空中に浮かび上がってせせら笑っている。こんな自然を馬鹿にした話はない。そして当然、それは自然にやっていることではなく余という自然を馬鹿にするための不自然な行為なのだ。くるるるるっ。

そういえばあまりにも沖奈がいい加減な人間なので先程はつい看過してしまったが、六メートルを超える身長というのも余を小馬鹿にした話で、余は生物については固有の大きさを設けた。だから多くの、というかすべての生き物はその範囲内でつましく暮らしている。人間だってそうで、いくら大きくたって二メートルを超えるものは滅多にないし、三メートルを超えるものはいまだかつてない。それをばなんですか、勝手に六メートルとかそんな身長になって見苦しい裸体を曝している。

そしてなによりも許せないのは、あの身体から湧き出ずる竹輪である。人間の身体から次から次へと竹輪が湧いて出るなどという馬鹿なことを許した覚えはさらにない。しかしまあ、いずれやむだろうと思っていたら、それどころか竹輪の噴出はその量と勢いを増し、いまや竹輪工場のようだ。

っていうか、竹輪だけではなく、蒲鉾やがんもどき、ういろう、といったようなものまで噴出させていて、ある意味、小田原名産の売り場のような感じにもなっており、ふざけるのもいい加減にしろ、と叫びたくなったし、実際に叫んだ。

そんな風に口惜しがる余を中空から水平に見下ろす龍神沖奈に余は言い返した。

「黙れ。姦《かしま》しい土俗神。消えぬのは当たり前だ。余はまだ、消えろ、とは言ってない」

「え、でも、さっき、はっきり仰いましたよ、『余は洪水なんて起こさぬわっ。消えろ。その一言でおしめぇ』って」

「それは引用文としていっただけで念じたわけではないからね」

「じゃあ、早く仰ってくださ い。死んじゃいますよ」

「うるさい。余に指図するな。自分のタイミングで言うからほっといてくれ」

と、沖奈に言ったが、のしかかる群衆によってもはや骨がかなり砕けていた。

「狗井君、大丈夫か」

心配になって声を掛けるともはや返事はなかった。狗井は群衆に潰されて粉になった。そして宙に舞っている。その一部は、あの汚い、龍神沖奈の鼻孔に吸収され、やがて竹輪となって排出される。そんな嫌な、醜い自然を余は作った覚えはない。どこかで間違ったのだ。或いは沖奈という、ゴミカスがこの世の摂理を狂わせているのだ。とにかく早く、壊してしまおう。そう思った余は念を込めていった。

「消えろ」

消えなかった。ギュウギュウと圧迫してくる群衆はますますその壓力《あつりよく》を増し、余の骨がバキバキ砕け、臓腑がバンバン押し潰れていった。さすがに自然としての意識は途切れなかったが、身体はただの黒い汚いヘドロのようになってしまった。そこへさして竹輪が雨のように降ってきて、愚かな群衆はこれを天の恵みのように思うのだろう、「おおおっ、ハライゾじゃあ」とか言いながら余のヘドロに漬かった竹輪を拾い、無闇に口に押し込んでいた。

これにいたって沖奈は漸くアナウンサー口調を捨て、本来の傲慢で尊大で無礼な口調に戻って言った。

「ははは、いいざまだな」

「お陰様でね」と言うのが余はやっとだった。

「これでわかっただろう」

「なにがかね」

「おまえが偉大な神じゃない、ましてや自然なんかじゃない、ってことだよ」

「口を慎みたまえ、土俗神」

「うるせぇわ。そりゃあ、こっちは土地神に過ぎないかもしれない。でも神には違いない。けど、なんだよ？　てめぇは。ヘドロじゃん、結果、出てんじゃん。そいでその前はただの自慢したいだけの生活自慢親爺じゃん。それを自然とか言って馬鹿じゃねぇの」

20

それから果てしない沖奈の罵倒が続いた。それによって群衆の余に対する評価はグングン下がっていき、そしてただちに余のことを忘れた。ついいましがたまで熱狂していたのに完全に忘却した。忘却していまは竹輪と干物に夢中になっていた。

このようにして聖なるもの、偉大なものは卑小で邪悪なものによって汚されてきた。しかし、別に余は気にしない。それもまた自然の運行だからだ。

と思おうと思ったが思えなかった。

だってそうだろう、余は自然としてすべての根源であるはずで、すべては余の意志に基づくはずが、余はこんな竹輪工場を作った覚えはないのだ。

ということはどういうことか。考えて得られた結論は慄然とするものだった。すなわち、余は自然とかそういったものではなく、隙さえあれば人に自分がいかに凄いかと言っている、他人は自分の自慢を聞くために存在している、と思っているのか、と思うくらいに口を開けば自慢しかしない、単なる自慢親爺だったのか！

といって自分の権力を使って橋を架けたとかトンネルを掘った、といった形に残る業績はなにもなく、かといって世代を超えて歌い継がれる名曲を作曲した、読み継がれる名著を著した、という訳ではないから、「男の食彩的な料理が得意」とか、「自分の家にある庖丁はよく切れる」とか、「高級レストランに通っている」とか、「都心に顔なじみのバーが何軒もある」とか、「焼き物に目が鑑《き》く。昨日も凄い掘り出しをした」とか「昔、世話した後輩がナントカ賞を受けた」とか、「私は五十を過ぎているが若い女の友人が多い」とか、「私は六十を過ぎているがいまでも女とやることができる」といった聴くに堪えない、生活自慢を大勢の前で、ときにはソーシャルネットワーキングサービスなども駆使して声高に語って恥じない、生活自慢親爺だったのか。

いやさ、それを恥ずかしいと思う感受性はさすがにあったのだろう、でも自慢していい気持ちになりたい、という思いがアキレルほど強かった。だから、余ハ自然デアル、などという途方もないコンセプトをひねり出し、生の肯定などと寝とぼけたことを言いながら寝自慢を小便のように垂れ流していたのだ。

と、以前であれば、余がこんなことを言うと必ず狗井が脇から、「そんなことは断じてありません、なんとなれば……」と余の弱気を否定してくれたものだが、その狗井もいまはもういない。粉となり竹輪となった。そして余もヘドロになり悪臭を放っている。

そしてあたりには群衆の叫喚と沖奈の罵倒に続く高笑いが響いていた。その高笑いは子供の頃に見た、黄金バット。という人の笑い声と同一であった。

あいつ、黄金バットだったのか。いや、まさか。たまたま声が似ているだけだろう。そんなとりとめのないことを思いながら、こうした意識もやがて、あと二分とかで途切れるのだろう、と思っていた。視覚と聴覚はしかしまだ生きていた。触覚もまた。

そのとき、ひとりの群衆が、あっ、と叫んで遠くを見た。比良勇之《ひらいさゆき》という髭を蓄えた男だった。バーを経営して小金を貯め、愛人を囲っていた。ロックが好きで若い愛人に、「もっとロックな生き方をしろ」などと説教をしたものだった。髪の毛は天パで背は低く、子供の頃はいじめられっ子だった。余はなぜかそれを知っていた。

比良勇之は基本的に海の方を向いている群衆とは反対の駅の側、というか、その向こうの山の上を見ていた。

山の上になにがあったのか。山の上には銀色の盤があった。盤はゆっくりとではあるがこちらに向かって飛んできていた。そして比良勇之だけがそれに気がついた。なぜかというと比良勇之がなにかこの場で目立つことはできないかなと考えていたからだった。余はなぜかそれを、知っていた。


銀色の盤がグングン飛んでくる。というこの事態を小説の神様と言われた志賀直哉先生だったらどんな感じで描写しただろうか。

向こうに山がある。そんな高い山ではない、おそらく標高四百メートルかそれくらいの山だ。それが屏風のように連なっている。そしてそのうえには青い空。その空を銀色の盤がこちらにむかって飛んでくる。

おそらく志賀直哉はステージ上に視角の広いカメラを複数、据えたような視点でこれを描くだろう。

となると遠くにあって小さく見えている銀色の盤は近づくにつれて大きくなってくるはず。つまり、最初は米粒ほどに見えていたものが、次にはさらほどになり、次には土俵ほどになって、ステージの真ァ側まで来たときには円形闘技場ほどになっている。

と、そこまで大きくなるかどうかは別として、まあいずれにしても同じ大きさのものが遠くにあれば小さく見え、近くにあれば大きく見える。これが余がそれであろうがなかろうが、自然、の法則であるはずで、つまりそれは志賀の独創ではなく、目に見えたそのままを正確に文章で表現したに過ぎない。ところが。

ここに直哉がいたら、「ええええっ」と驚いて自分の髭を手で千切ってSF作家に転身したかも知れない、というのは、その銀色の盤が最初に見えたときと同じ大きさを保った儘、飛来してきたからである。

盤は最初、比良勇之の目に洋皿ほどの大きさに見えた。そして、比良勇之のすぐ間近に迫ってなお、洋皿ほどの大きさだったのだ。なにか目立ちたい髭の小男、比良勇之は勿論、このことを喧伝しようとした。

「明らかに不自然な動きをする皿が現れたぞ。これは横暴な政権を倒せという天のメッセージだよ。みんな立ち上がろうぜ。揃いのスカジャン着て」

そう叫ぼうとしたのである。ところ比良勇之は叫べなかった。その天の指令を齎《もたら》したはずの銀色の洋皿ほどの大きさほどの盤が、スパンッ、と比良勇之の首を切り落としたからである。比良勇之のつまらない、雑兵並みに無価値な首が、ポソン、と落ち、その代わりという訳ではないだろうが、切り口から勢いよく血液が噴出、その勢いは恰も噴水の如くであった。

人の首が落ちて血が吹き上がるなどということははっきり言ってショッキングこのうえない

光景で、並の神経の人間なら耐えられるものではないが、龍神沖奈に扇動された群衆はむしろ逆に喜んで、まるでなにかの演出効果のように喜び、うおおおおおおっ、など歓声を上げた。まあ、あんな竹輪やガンモを喜んで食べいているような奴らだから無理もないと言えば無理もない。

ただ、その光景を半ば砕けながら見上げていた余は、思わず知らず、アッ、と声をあげそうになった。というのはその盤に見覚えがあったからで、その盤は、そう、あの空気に縮緬の皺が寄り、世界変異が起こり始めたとき、吉岡禽獣郎が放った銀盆であった。あのとき銀盆は不自然な動きをして駅の方へ飛んでいった。

それが旧《ま》た還りきて比良勇之の首を落とした。げにおそろしきことなり。土地神の逆襲なるか。

けれども龍神沖奈の悪質なプロパガンダによって痴呆化している群衆はこれを恐れず喜び、狂ったような高笑いと、一体、どこで誰が始めたのか、ママミヤママミヤママミヤレッミゴー、あの懐かしいQUEENの「BOHEMIAN RHAPSODY」の合唱が響いていた。響き狂っていた。

ただ生きていただけなのに、そして自慢をしようと思っただけなのに、どこでなにを間違ってこんな地獄が顕現してしまったのか。理解に苦しみ、そして肉体的な痛苦にも苦しみ喘ぎ、

「けれどもそれだって意識が途切れれば終了する。そしてそれは遠くないはずだ。儘宮儘宮儘宮。玲見御。パーパーパーパー。死ぬ前にパンツの丸見えが見たかった」

悔悟の流れぬ涙を流していると、

「はははははっ。そんな見たいのなら見せてやるわ」

と空中で水平になって地上を見下ろしている龍神沖奈が見えぬ目に自らの丸出しパンツを見せてくる。

「やめてくれー。もう死ぬのに。最期に見る光景が龍神沖奈の丸出しパンツとはどれだけ悲惨な人生なんだ」

と絶叫してもやめてくれない。そんなに余が憎いのか。

そしてこの先、余の意識が途切れた後、この世界はどうなっていくのか。恐れ案じているとさらに恐ろしいことが起きた。


比良勇之を血祭りに上げた銀盆はその暫くの間、自然に反して空中をたゆたっていたが、その後、急激に動きを早めると、目にもとまらぬ速さで水平移動して、群衆の首を切り落としていった。

スパンスパンスパンスパンスパン、次々と群衆の首が切り落とされ、血液が高空に向かって噴出した。

これにいたって群衆は初めて恐怖して駅の方に逃げ始めたがなにしろ何万という群衆だから停滞しちまってちっとも前へ進むことができず、ある者は後ろから頸を刎ねられ、またある者は恐怖して振り返ったところを切られた。地面に転倒した者は切られなかったが忽ちにして逃げ惑う群衆に踏まれ、骨が粉砕され、内臓が潰れて絶息した。口から腸を吐きだしている者もあった。

　そして、なによりも見えない目を瞠《みは》ったのは噴出する血液の量と勢いの凄いことでいったい人間の身体にはどれほどの血液が入っているのか、と思うほど血液が大量にそしていつまでも噴出し続け、広場には何万本もの赤い柱が立っているようだった。


　噴出する血の柱は龍神沖奈の身体を天高く持ち上げ、もはや龍神沖奈の身体は見えない。ただ高笑いだけが響いていた。けれどもその高笑いももはや笑い声というより、耳をつんざく轟音と成り果てていた。その音波で山が崩れるのではないか、と心配になるほど凄まじい轟音だった。少なくとも根岸線はよじれて千切れてしまっているに違いがなかった。それから暫くの間、血柱が上がり続け、一時は永遠に続くのではないか、とも思われたが、そこはやはり有限の命を持つ人間のこと、身体から噴出する血液は無尽蔵ではなく、噴出する血の勢いが衰え、血柱が次第に低く、そして少なくなってきた。

　となると。血柱に持ち上げられていた沖奈はどうなるのか。人民の膏血をたっぷり吸った大地に降り立つのだろう。降りたって、自分は天から降臨した天の子であり、したがってこの地を支配する正統性を有している、などというとんでもない嘘を言って、この地に竹輪工場を建設、国府海名物龍神ちくわ、と宣伝して売り出し、それに関しても嘘八百の本地譚・縁起を捏造して言い立て、そして子々孫々、富み栄えていくのだ。

なんという口惜しいことだ。あんな土俗神が。

という思念波が発生するかしないかのうちにその思念は砕けた。先程まで響いていた轟音の千倍、いやさ万倍もの轟音、いやさ、それはもはや音というものではなかった。音に限定されないenergyの爆発のごときが起きて、血まみれではあるが原形をとどめていた、国府海の家や田畑、道路や土手、街道の並木、駅舎、鉄道、その他いっさいが砕けたのと同時に砕けた。

音は五分かそれくらい続いた。そしてその音が止んで五分後、一帯に津波が押し寄せてきた。地震による津波でないことは明らかだった。その津波は赤かった。

それは津波ではなかった。血液であった。龍神沖奈の体内から噴出する血液であった。そう、国府海の群衆の首を切り落とし尽くした津波は、垂直に上昇しながら次第に大きくなり、上空で地面と水平を保ちながら血の柱に支えられて笑う龍神沖奈の首を、すぱん、切り落とした。赤黒い首が落下していった。首を失った胴体は血を噴射しながらその噴射の勢いで水平を保ったまま海洋の方へ飛んでいった。

その噴出する血が津波となって押し寄せ、国府海全体を押し流していた。

21

そして余の意識も国府海とともに血の濁流に押し流されそのまま消滅した。

けれども、もし意識とはまた別に魂というものがあったらどうなるのだろうか。つまり意識は脳に生成するうたかたのようなもので、単なる現象に過ぎないのだけれども、それとは無関係に魂というものがあったらどうなるのだろうか。所謂、輪廻転生ということをするのだろうか。それとも、それは自ら消滅を恐れた意識の見る幻影、幻想に過ぎぬのだろうか。

と考えて余は愕然とした。そう考える余の意識があったからである。ということは、やはり魂はあったのだ。余の魂は別の身体を得て余はこの余に再び転生した。けれども。じゃあ、なんで余はいまだに余と名乗っているのであろうか。余の意識が以前の意識と連続性を保っているのであろうか。意識がたまたま生成するうたかたであれば、そうした連続性は生まれないはずである。なのに余の意識は連続している。

いったいどういうことなのだ。

そう考えて余は、夥しい血液の津波によって破壊し尽くされた国府海を見渡し、愕然とした。滄海変じて桑田となる、というが、それにしたって早すぎる、目の前には六車線道路が走り、高層ビルが聳え、そしてほどよき位置に広場、真白き低層のショッピングモールにいたる無傾斜のエスカレーター、俗称・動く歩道が整備されていた。その反対側は港湾なのだろうか、青空と桟橋、停泊するおほきな船、瀟洒なホテル、遠くには高速道路が見えていた。

そして多くの人々、それも国府海に蠢いていたような土民ではない、おそらく中流かそれ以上の階層に属するであろうことがその服装やなによりも態度・物腰から見て取れる、いかにも幸福な人たちが多く出歩いていた。

なんなのだ。これは。いったいどうなっているのだ。

そう思うとき、余の頭蓋にある考えが閃き、余は立ち尽くし、思わず呻いた。

「こ、これが、moonlight の世の中か」

そう。余は、moonlight の世の中に迷い込んでしまったらしかった。なんということであろうか。頑張って生きてきたのに。もう帰れないのか。そう思うと泣きたいような気持ちになり、こんなところで、セレブの猿真似をすることが人生の生き甲斐と信じて疑わぬ奴らと一緒に生き恥をさらしつつ死んでいく。それが生の肯定なのか。いっそそう思う方が幸福なのか。しかし、国府海の馬鹿丸出しの土民のなかにこそ俺は人生の真実、real、を感じる。あの、夜郎自大の土俗神・龍神沖奈ですら不細工という生の苦しみをキチンと追ったうえで最大限の自己肯定を行い、その結果としての竹輪を生産していた。

それに引き比べてこいつらはなにを生産しているというのか。海ぶどうか。あんなものは収穫であって生産ではないし、それすら水に濡れるという苦しみを経て初めてゲットできるが、こいつらはそれすらせず、ただ狭い液晶画面をのぞき込み、そこにうつる自分の影を見つめてニヤニヤ笑い、架空の性器を弄くって脳を麻痺させ、発生する意識を快楽に集中させようとしているだけの馬鹿豚だ。いや、そんなことをいったら豚に失礼だ。ごめんな、豚。って、なんで余が豚に謝るのか。ふざけるのもいい加減にしろ！

そう怒鳴ったとき後ろから、「邪魔なんだよ、どけ」という声がして余は押され、そのまま前に進んだ。

群衆に押されるまま前へ前へ進んだ。進まざるを得なかった。さほどに群衆は圧力を有していた。それは緩やかで、でも確実な力だった。そして。

あるときその圧力が急激に止み、気がつくと余は再び広闊な場所に立っていた。広場用のところで、向こうには壮麗な建物が建っていた。

奇怪な、そして壮麗な建物だった。あらゆる様式と思想がその建物においてぶつかり爆発していた。というと、なにか騒々しいような建物が思い浮かぶが、実際はそうではなく、まるで静謐というのだろうか、酷烈な静もり、とでも言うのだろうか、唖者が敢えて保つ沈黙のような沈黙が周辺環境を極度に気まずくしていた。

建物の正面は銀色で、スベスベしていていながら石像の巨大な柱が六十本建ち、その手前にはまるで急流滑りのような、噴水なのだろうか、池なのだろうか、そんなものが配置してあった。おそらくそこから小舟に乗って建物に向かって垂直に滑り落ちていき、ボートもろとも木っ端微塵に砕けるのが当世流なのだろうか。かと思えば巨大な柱と銀色の壁の間にはなだらかなスロープが目立たぬように巧みに設けてあり、設計者の奥床しい配慮が見て取れる。正面から見れば低層だが、奥に行くにつれて高層化して、最終的には六十階建てになっているようだ。人間の脳を直接破壊することによって錯覚を生む、その手腕に舌を巻いた。

それが美術館であることはもはや疑いようがなかった。谷間の聚落の農家の方にいただいた採れたての野菜を自慢する。そんなものを遥かに超える、壮絶な自慢としての美術。そうしたものが多数収蔵されている。

それがわかった瞬間、余は、もしかしたら、と思った。もしかして、ここここそが現実の世界なのではないか、と思ったのである。もちろん、あの国府海は moonlight の世界だったのだろう、そして血液の津波の後に現出したこの世界は moonlight の世界と考えていた。けれども月光世界に入ってあんなことになり果てたのは moonlight 航法の失敗であり、それはとりもなおさず鉄道会社の責任だと考えていたが、moonlight 航法は実は成功していて、余は当初の目的に到着したのではないのか。なんでって、目の前に美術館がある。余は美術館に来ようとしていた。そして美術館に来た。じゃあそれでよいではないか。もちろん、改札や駅は通過しなかった。ただ筆舌に尽くしがたい苦しみと辱めを土俗神に与えられ、島倉千代子まで歌い、挙げ句の果てに血液の津波に押し流されて、一度、死に、そして気がつくと目的地にいた。でもそれが moonlight 航法というものではないのか。そもそも時空を超えるのだ。なぜ改札などという陳腐愚劣な設備を通過する必要があろう。

そして、もしここが現実の世界ならば私はここで生を肯定して生きていけばよいのではないか。人はとかく苦しみを負いたがる。その方が先々よいことがあると思っている。苦しみをまるで将来のための貯金のように思っているのだ。そしてことあるごとにリアルを求めたがる。バブルに浮かれてうわべの虚飾、虚栄を追い求めるのではなく、地に足のついた実質的な生活、家族愛やエコを大事にした生活をしなければならない。なにを言っているのだ。そんなものは嘘っぱちの里山資本主義だ。あの世があってこの世があるように、虚があってこそ実がある。表裏一体なのだ。一枚の紙のように。そしてもっと言えばどちらが表でどちらが裏というものではない。トンネルに出口も入り口もない。どちらも表であり裏なのである。だったら、この場所もまた現実だし、いまこの瞬間、余はここに立っている。これを現実として認める。それから始めて初めて生の肯定が成り立つ。自慢して愉快に生きていける。自分の鍋。自分の料理。自分の趣味。きわめて陳腐な自分という名のポエジーも。ははははは。やっとここに来た。ここに来ることができた。

そう思いながら余は中庭を横切って正面入り口に近づいていった。急流の水しぶきでびしょ濡れになった。空が青かった。楽隊が奏でる音楽が遠くに響いていた。そして、近くまで行ってみると、広場の向こうからは見えなかった六十段以上ありそうな石像階段を昇って、やがて建物の、これも遠くから見えなかった軒庇が見えてきた。随所に精巧な彫刻が施されてあった。

ことに左右の、一際、突出した極太の軒の先端部に施された人頭を象った彫刻は大きさや手の込みようで他を圧していて、「いやはや、すごいものだ。こんなものを見たということは素晴らしい自慢になる。もっち近くに寄って見よう」と、そう思って余は右の軒の方へ歩いて行き、見上げ、そして、「わっ」と声をあげてしまった。

思わず目を逸らし、そしてもう一度、見上げたが間違いなかった。というか、見間違うはずがなかった。軒先で。かっと目を見開き、舌を長く伸ばして、美術鑑賞に訪れた男女を瞋恚《しんい》しているのは、どこからどうみても龍神沖奈その人であった。

そして余はそれがいつでも生きて動き出すことを知っていた。そのとき初めて余はこの美術館の周辺に人間が一人もいないことの意味を理解した。

入り口に背を向け、そのまま階段を駆け下りようとして立ちすくんだ。

真っ青な空に銀盆が遊弋《ゆうよく》していた。ヒラヒラと楽しげに。そうか。わかったよ。それもまた肯定しろということなのか。私は呟いて、もうこうなったら、と、軒先の沖奈を撮影し、そして美術館に入っていった。そのとき私はもう余ではない。そう余ではない。ただの、どこにでもいる、自己肯定の極北で踊り狂う、ただ生活自慢オヤジ。生を肯定しまくる、普通の私であった。普通の、ありふれた私であった。

（完）

装丁　石井絢士（the GARDEN）

「本の時間」連載（二〇一二年七月号〜二〇一三年九月号）に
書き下ろし（第五章、第六章）を加えました。

町田康《まちだ・こう》
一九六二年大阪府生れ。一九九七年『くっすん大黒』でBunkamuraドゥマゴ文学賞・野間文芸新人賞受賞。二〇〇〇年「きれぎれ」で芥川賞、二〇〇一年『土間の四十八滝』で萩原朔太郎賞、二〇〇二年「権現の踊り子」で川端康成文学賞、二〇〇五年『告白』で谷崎潤一郎賞、二〇〇八年『宿屋めぐり』で野間文芸賞を受賞。他の著書に『夫婦茶碗』、『猫にかまけて』、『浄土』、『スピンク日記』シリーズ、『ギケイキ　千年の流転』、『ホサナ』、『どつぼ超然』、『この世のメドレー』（どつぼ超然続編）など多数。

生《せい》の肯定《こうてい》
印刷　二〇一七年一二月一五日
発行　二〇一七年一二月二五日
著者　町田康《まちだこう》
発行人　黒川昭良
発行所　毎日新聞出版
〒一〇二-〇〇七四
東京都千代田区九段南一-六-一七　千代田会館五階
営業本部　〇三（六二六五）六九四一
図書第一編集部　〇三（六二六五）六七四五
印刷　中央精版
製本　大口製本

ISBN 978-4-620-10803-2